青空バルコニー

坂井敬一
SAKAI Keiichi

文芸社

一

社員が三十名ほどの、生活雑貨を扱う卸売会社を経営する河野達也とその家族が、現在の住居である千葉県市川市のマンションに転居しておよそ十年が経過する。

それまでは都内江戸川区に住み、そこには父親から譲り受けた会社の建物とこれに隣接する住居があったが、手狭なうえに老朽化した建物の維持管理に嫌気がさし、会社と自宅もろとも移転を検討した。

会社の社屋は、金融機関の斡旋で同じ江戸川区内に事業所の空き物件がすんなり見つかった。しかし住居の方はなかなか好物件が見つからず、県境を跨《また》いで千葉県まで探しまわった。すると市川市の江戸川沿いに建設予定のマンションの広告が偶然達也の目にとまり、現地の販売所を訪ね、物件の内容を詳しく知ると、たちどころに購入意欲が募った。

達也が購入を希望した物件は、低層部がコーナーサッシになっている七階建てのマンションの六階の部屋であった。リビングのほかに大小三つの部屋があり、親子三人が暮らすには十分であった。そして何よりも特長的なのは、南側と西側に二面バルコニーがあることだった。特に西側のルーフバルコニーの広さを気に入ったのが購入を決意した最大の理由であった。

問題なのは自己資金が不足して、資金の大半を借入に頼るしかなかったことである。達也が思いついたのは、江戸川区の住まいを取り壊して、単身者向けの小体《こてい》なマンションを建設し、家賃収入の一部を充当することであった。予期した以上に借入総額が膨らみ、返済が楽なものではないことは明白であったが、それでも達也はその決意を翻《ひるがえ》すことはしたくなかった。

妻の久美が達也の計画を最初に聞いたときは、借入が多額過ぎて当然反対した。諦められない達也は、部屋をどのように使うか妻と話し合い、賛成してもらえるよう熱心に説得した。

「部屋は夫婦の寝室、麻美の部屋とする。残ったもう一つの部屋は広くはないが、そこは君が使ってもいいよ」

「私の自由にしていいの?」

「ああ、君の好きにするがいい」

夫の提案に、久美の目の色がたちまち変わった。その頃から、妻は趣味を兼ねて始めた翻訳の仕事を、さらに本格的に取り組みたいとの意向があったが、作業に集中するスペースがないことにかねてから不満を抱いていた。このため、夫のこの提案は非常に魅力的で、熟慮の末、購入を押し進めることに決めたのであった。

購入前から活用を楽しみにしていたルーフバルコニーは、住んでから達也の自慢の場所となった。少人数であればホームパーティーが楽しめ、夏には周囲の目を気にすることなく体を焼くことができた。江戸川の花火大会もバルコニーで観賞し、秋の月見を楽しむためにわざわざ望遠鏡を買って持ち込んだ。ルーフバルコニーは河野一家にとって大事な場所であると達也は思っている。毎日をつつがなく暮らし、季節の折々にそこで楽しむことで人生を豊かに過ごせる、いわば河野一家にとって神聖な空間だと考えた。

しかし、最近はあまり活用していないのが彼の不満であった。バルコニーで最後にパーティーをしたのは、一人娘の麻美が就職で実家を離れる直前に、彼の提案で強引に催したと記憶する。春先の花粉が漂う中、鼻炎気味の妻と娘にはすこぶる不評で、達也を落胆させた。夫婦二人だけになって間もなく、ガーデンチェアやテーブルは片付けられ、彼もバルコニーへ出る気も失せて久しかった。

リビングのソファに座る達也は新聞をテーブルに置き、無意識に窓の外を見やった。半開にした掃き出し窓から、四月下旬の爽やかな空気が部屋に流れ込んできた。

妻の久美がキッチンで食器洗いをしているのが聞こえる。食事の直後に仕事の電話が彼女にかかってきて話し込んだため、食事から小一時間経過するのに、まだ片付けが済んでいなかった。遠くで洗濯乾燥機のドラムが回る音が聞こえてくる。

しばらくして、食器洗いを終えた久美が乾燥機で乾かした衣類を入れた籠を抱えて、寝室のクローゼットへ行くのに、リビングを通りかかった。達也は妻の身なりをあらためて眺めた。スリムな印象を与えるシャツを身につけ、裾にかけて細くなるパンツをはき、五十代半ばとは思えないほど若々しく見え、達也をことのほか満足させた。彼女との結婚生活が長くなるにつれ、三歳の年齢差が年々拡大しているような気さえするほど、彼女は若返っていた。

寝室から戻り、夫と目が合った久美が手短に伝えた。

「麻美からさっきメールがあって、今日家に帰って来るって」

「突然だな。どうせ戻るならゴールデンウイークにすればよかったのに」

「単なる休みで戻るのとはちがうみたい」

「それは出張ということ？」

「さあ。詳しいことは何も教えてくれない」

一人娘の麻美が就職したのは、大学の同級生である後藤恭平の親族が経営する会社で、就職難の時代にあってなんとか職につけたのも、この同級生の口利きによるところが大きかった。名古屋市内にあるその会社は、会社経営に関するコンサルティング業務をしており、社員数こそ多くないが、その分若手社員に活躍の機会が与えられることが、麻美が就職を決心した理由となった。

達也はその話を聞いて、最初からあまりいい印象を持たなかった。ひとつは娘が名古屋でひとり暮らしをすることが何かと心配であった。それに大学で経営学を学んだといってもそれは浅薄なもので専門知識はまだ乏しく、若いうちからコンサルティング業務などできるわけがない。そして何よりも問題なのは、後藤恭平も名古屋へ帰郷することであった。一族の別企業に就職するとのことであったが、達也たちの目の届かないところで、恭平の意のまま身勝手なふるまいをされるのを避けたかった。娘とサークル活動が一緒だったこの男は一度家に来たことがあったが、口数が少なく何を考えているのか分からない陰気な感じがして、初めて会ったときからどうも気に入らなかった。

達也は翻意するように娘に何度も迫ったが、家を離れ自立したいとの意欲にあふれる麻美は耳を貸さず、最後まで意思を通し、とうとう名古屋の会社に就職した。達也は今でも娘の就職先に納得していない。麻美が帰省するのはうれしいが、何か困ったことが生じたのではと達也は心配した。

達也はタブレットパソコンに返信を急ぐメールがないことを確認すると、ちょうどそばに来た久美に事務的に告げた。

「しばらくしたら外出する」

「金曜日なのにお昼近くまでゆっくりしているから、今日はてっきり休みだと思っていた」

「経営者に休みなんかあるものか」

「それでどちらへ」

「取引先の若宮さんのところだ。社員が納品ミスをおかしたので、詫びに行く。ついでに何社か回ろうかと思う」

「それはお疲れさま」

達也は思わず口走った「経営者」という言葉に面映ゆさを覚えずにはいられなかった。

確かに登記上では代表取締役であるが、もう一人代表取締役がいた。銀行から派遣された男で、現在はこちらが実質の経営者だといえた。

達也はマンションの平面駐車場に向かい、購入して四年になるレクサスのＳＵＶに乗り込んだ。車は会社名義であったが、業務よりも多くは私用で使うので、担当税理士からたびたび注意された。

小一時間ほど走行して、販売先である生活雑貨の小売店に到着した。店主の若宮とは旧知の間柄なので、ミスは容易に許されしばらく談笑して店を離れた。

時間は十分残っていたが、他の事業者を訪問する計画を中止し、だからといって出社する気にもなれなかった。その代わり、達也はケーキを購入すると、ある女性のマンションへ向かった。

二

家族を大事にする達也でも、妻や娘に見せない一面を持っていた。立派な妻がいるにもかかわらず、常に他の女性に強い関心を持ち、秘密裡のうちにこれまでさまざまな女性と関係を持ってきた。相手は、独身女性に限らず、普通に結婚生活を送っている人妻もいた。還暦の年齢に近づくと、交際する人数はさすがに減ったが、常に機会はうかがっていた。

ホテルのラウンジなどを主な活動場所としているピアニストの西城祐子が、達也が現在ひそやかな関係を継続している女性だった。

彼女とは地元の経済クラブが主催するパーティーで知り合い、やがて親密な間柄となった。逢瀬は人目につかない郊外のレストランなどを選んだが、まれに彼女の住まいを訪問することもあった。

地下鉄日比谷線の入谷駅に近い、間口の狭い九階建ての賃貸マンションに祐子は居住している。建物は古く、八畳の部屋がふたつのほかは、手の込んだ料理は作れない簡易なキッチンと、十分に手足を伸ばせない浴室やトイレがあるだけの粗末な部屋で、プライドの高い祐子が住んでいることが、達也には不思議に思えた。

サイズの小さいグランドピアノがある部屋にはいると、今まで練習をしていたようで、鍵盤の蓋が開いて、譜面台に楽譜が立てかけられたままであった。

「終わるまで、待っていて」

と祐子は言うと、日課になっているピアノの練習を再開した。言われるがまま、達也は窓際にぽつんと置かれた椅子に腰を下ろし、どのくらい待たされるのかを案じながら、ピアノに向き合う彼女を見守った。鼻筋が通った面長の顔の、唇をきっちり結んでピアノと格闘する姿は気迫にあふれ、声をかける余地を達也に与えなかった。

しばらくして、「ああ、ダメだわ」と祐子が唐突に演奏を中断してそう呻《うめ》くと、敵に対するように楽譜をにらみつけた。「いつまでもダラダラ続けても意味がない。今日の練習はもうやめとく」

「お疲れ」

達也がすかさず労《ねぎら》いの言葉をかけても、祐子は無視し、鍵盤の蓋を静かに閉じて、達也のほうに向き直った。

「ところで、今日は何のご用事？　これからヘアサロンに行こうと思っていた。用事があるのならさっさと言って」

「特にない。なに、仕事で近所まで来たので寄ってみた」

「そう。ちょうどよかった。ひとつお願いごとがある。今度、重要な演奏会があるの。そこで着用するドレスをプレゼントして欲しい」

「またか」

「まるで私がたびたびおねだりしているみたいじゃない。嫌ならそれでもいい。他の人を当たってみる」

「分かったよ」

達也はしぶしぶ了解した。香水の匂う祐子が抱擁してきたが、それが要求をのんだことへの彼女からのご褒美だった。香りが衣服に移ることをおそれ、軽く抱いただけですぐに体を離した。今日は祐子の嫌なところが目につき、関係がこじれないうちに早く退散したほうがよさそうだと判断した。それでもヘアサロンまで送らされる結果となった。


達也が夕方に自宅に戻ると、すでに麻美が帰宅していた。ソファに膝を抱えて座っている。正月以来だというのに、まるで朝に外出して戻ってきたかのようだ。人がそばにいても話したがらないのは、娘が不機嫌なときだと理解している。そんな状態を引きずっていると、ぎこちない空気が後々まで残ってしまうので、達也の方から沈黙を破った。

「元気そうだな」

「そう見えるかな」

「うん、そう見える。少なくとも瀕死状態の遭難者には見えない」

「似たようなものだよ。ほうほうの体《てい》で帰ってきた」

「何が原因でそうなったのか知らないが、しばらく休むがいい。何日までいられる？」

「日曜日の夜には帰る予定」

「ずいぶん慌ただしいな。もっとゆっくりできないのか」

達也がそう訊ねても麻美は答えず、クッションを強く抱きしめたままだったが、不意に意見を求めてきた。

「ねえ、お父さん。私、会社を辞めてもいいでしょう」

「唐突なことを言う。何があった？」

「理由は言いたくない」

と言って、顔をクッションに埋めた。

「入社して何年になる？」

「三年」

「上司や人事担当者と話し合ったのか」

「長いこと話し合ってきた。でも解決しなかった」

達也は自分の会社の事例を思い浮かべた。麻美と同年齢の男女が退職することがしばしばあった。社内の人間関係や気分だけで出勤してこない者もいた。退職を直接申し出るのはまだしも、メールを使って一方的に連絡する者、人を介して伝えてきた者もあった。それに比べれば娘はまだましな方だった。

父親が積極的に話に乗らないので、娘は不満そうに言った。

「私の判断は間違っている？」

「いや、そういうことではない。何が理由で辞めようとしているのか分からないのに、判断の是非は言えない。もう少し詳しく話してくれれば有効なアドバイスができる」

「私が名古屋の会社に就職すると分かって、お父さんは猛反対したじゃない。就職してからもずっと怒っていた。お父さんが望んでいたように、私が会社を辞めてこちらに戻ろうとしているのだから、それでいいじゃない」

「会社は最小限の人員で運営している。麻美に退職されたら、会社も困るだろう。もう少し時間をかけて話し合ってみたらどうだ」

「お父さんはいつもそう。何か問題があっても積極的に動かず、先送りしてしまう。それは今の状態を変えたくないだけじゃない」

麻美が徐々に興奮するのを、達也は半ば呆れながらやり過ごした。そこへ、翻訳作業がひと段落ついた久美が仕事部屋から出て来て、夫に声をかけた。

「あら、お帰りがずいぶん早かったのね」

「うん。納品の間違いはすんなりと許してくれた。会社にいても取り立てて問題もなかったので、戻ってきた」

「よかった」と言いながら久美は、ソファの麻美とリビングの入り口にいる達也の中間まで歩み寄っていた。「そろそろ夕飯の準備をしなくては。麻美がお土産に手羽先を買って来てくれたから、あなたはそれをつまみにビールを飲んでいて。麻美は料理を手伝って」

「分かった。着替えてくる」

「そうして」

久美が麻美の背中をそっと押して送り出した。達也は娘が部屋に入るのを見届けてから言った。

「翻訳の仕事はいいのか。締め切りが迫っているのだろう」

「写真の多い料理本の翻訳だから、何とかなる。それより、久しぶりに再会した親子が、顔を合わせた途端、いきなりののしり合いになりそうなので、そちらのほうが気になって仕方がなかった」

「名古屋で何があったというのだ」

「関心を持ちすぎるのはあなたの悪い癖よ。しばらくそっとしておいてあげましょう」

久美は急に鼻をヒクヒクさせて室内の臭いを嗅ぐと、空気が淀んでいると言って、換気をするのに空気清浄機のスイッチを入れ、掃き出し窓をわずかばかり開けた。気勢をそがれた達也はこっそりわが身の臭いを嗅ぎ、午後の行動が露見しないことを願った。妻はそれには気づかず、今朝の食卓で話題になった友人の家族の葬儀のことを口にした。

「あなたに言われたとおり、香典は用意しておいた。この前の葬儀で汚れた喪服は、だいぶ前にクリーニングから戻って、クローゼットに吊るしてある。ワイシャツもクリーニングしたものから着ればいい。準備はこれで大丈夫よね」

「大丈夫だと思う。日曜日の通夜に行くつもりだったが、麻美がせっかく帰宅したので、翌日の告別式に参列することにする」

「そのほうがよさそうね。麻美も名古屋に戻るまでには何か話してくれるかもしれない」

先ほどまでの達也の憤りはもうすっかり収まり、友人の境遇を思い浮かべ、真顔になって言った。

「元気なあの奥さんが死んでしまうとは。あいつもこれから一人で大変だ」

「そうね、人の寿命は分からないものね」

久美はそう言い残すとキッチンに向かった。ひとりになった達也はとりあえず危機を回避できたことに安堵した。定位置であるソファの中央に腰を下ろすと、あわれな友人の境遇を慮《おもんぱか》り、これから男ひとり残りの人生をどう過ごすのかと考え、そこからさまざまなことを思い浮かべたが、それはいずれも妄想の類いにすぎず、何の役にも立ちそうになかった。放り出したままの上着をつかみ、ようやく立ち上がった。

麻美は予定どおり、日曜日に自宅で夕食をとった後、二十時すぎの新幹線で名古屋へ戻った。達也との話し合いの続きは行われなかった。

三

天幕のようなおぼろ雲に空が覆われて、まだ昼前だというのに辺りはどことなくうす暗く感じられた。葬儀会場の空きが目立つ駐車スペースの一画に車を乗り入れた達也は、ここに来たことを今更ながら後悔した。通夜とは異なり、告別式では長時間拘束されてしまうのが気を重くしていた。

喪主の二宮は大学のサークル仲間の一人だった。明治時代から続いた呉服商の倅《せがれ》で、ひとりっ子であるため当然のように後を継ぐことが求められ、本人もそれに抗うことはしなかった。

家業に就いてから数年後、二宮は妻を娶《めと》った。商売で築き上げた人脈を駆使して、彼の母親が各方面からこれぞと思う候補を何人か選び、その中から息子に最もふさわしい娘を選んだ。器量がよく、働き者で出しゃばらず、何事も夫を立てる自慢の嫁だった。子どもがいないこの夫婦はいつまでも仲睦まじく、母親が故人になってからは二人の結びつきは一層強まった。

ところが、他の呉服店と同様売上は大幅に低下し、守り続けた家業もあっさりと商売が苦しくなって存続が危ぶまれた。それでもなんとか経営を続けられたのは夫人の手腕に寄るところが大きいのは誰もが認めた。そしてその夫人が病に倒れ、三年ほど寝込み、治療の甲斐なく亡くなったのである。

達也はサークル仲間からその訃報をもたらされるまで、夫人が病気であったことさえ知らず、看病を続けた二宮の苦しみを想うとともに、長年連れ添った妻の死という事実の重みに、胸に固いものを押し付けられたような圧迫感を覚え、それはいまでも続いていた。

告別式が間もなく始まる時刻であったが、葬儀会場の人の動きはまばらであった。達也はどこかに知人がいないか周辺を探したが、残念なことにひとりも見当たらなかった。

向こうで、喪服の上着に白リボンをつけた二宮がご近所と覚しき婦人につかまって、立ち話をしているのが目に入った。どうやら夫人の病状と死までの経過を説明しているようだ。複数の弔問客から同じことを何度も求められる彼を達也は気の毒に思った。自分が彼の立場だったら、あからさまに不快を滲ませた顔つきを見せただろうと考えが及んだとき、訃報に接してから感じていた圧迫感の正体は、二宮夫人の死を悼むところから発生するのではなく、それを我知らずわが身に置き換えていたからだと気づいた。

参列を後悔する達也は、ここは早々に喪主に弔意を表明し、できれば告別式が始まる前に辞去することを望んだ。

達也は婦人との立ち話を終えた二宮に近づき、声をかけた。

「二宮君」

「ああ、河野君。来てくれたのか」

「この度はご愁傷さまです。突然の知らせで驚きました」

達也がそう言って、深々と頭を下げると、二宮もこれに合わせて頭を下げた。

「妻はがんでした」

「それは大変だった」

達也が問いかけもしないのに、二宮は淡々と妻の病気と療養生活、そしてその最後の様子を語り始めた。会話をしていて、二宮が予想したほど取り乱していないので、この調子であれば、焼香後に辞去しても問題はなかろうと判断した。達也が用件を切り出そうとしたところへ、二宮に先を越された。

「ところで、君にお願いがある」と二宮はいままでの口調とは異なり、学生の頃の調子で言った。「忙しいだろうが、今日は最後まで君にいてほしい」

「えっ、最後までというと?」

「告別式の後火葬場へ行き、そしてここに戻ってから、初七日、四十九日法要まで執り行う予定だ。君にはそこまでつきあってもらいたい」

「急に言われても困るよ。……実は夕方にどうしても避けられない用事がある。途中でお暇しようと考えていた」

「そこをなんとか頼む。それでは四十九日法要までとは言わない。誰もかれも焼香すると、皆そこで帰ってしまう。実を言うと、出棺で担ぐ人さえおぼつかないくらいだ」

子どものいない二宮に縁者は乏しく、葬儀場でよく見かけるような、一族が大勢集まった気配はロビーのどこにも感じられなかった。目にするのは達也たちよりも年配の老人ばかりである。

ちょうどそのとき、「喪主様、もうすぐお式が始まります。お席にお戻りください」と二宮の背後から耳打ちする者がいた。葬儀会社の女性社員である。振り返った二宮は分かったとうなずき、達也に向き直って「それじゃ、よろしくお願いします」と言い置き、祭壇が設置された方へ向かった。

残った女性社員が今度は達也の方を向いて「お客様」と声をかけた。「お席にご案内します。お客様は喪主様のご親族の方ですか」

「ううん、ちがう」

「そうですか。それでは一般席へご案内します」

「ああ、頼む。ところで、ここで四十九日法要まで合わせて行うようだが、それはいつ頃になるの？」

「夕方の予定です」

それを聞いた達也は失望した。

達也が女性社員と話したのは短い間であったが、思いがけない発見をした気持ちでまじまじと彼女を見つめた。目鼻立ちのやや大きい顔にショートヘアがよく似合い、仕事柄、きめの細かい肌には自然な化粧をして、控えめに装うことに努めていた。しかし、客が持ち込むさまざまな要望に瞬時に応えようとする真面目な応対ぶりがどことなく無防備な女子学生を思わせ、達也の興味をおおいに掻き立てた。女性社員が一礼して参列者席の方へ向かったので、達也はそれに従って動いた。会社の地味な制服を着用する彼女が背筋を伸ばして歩くと、ローヒールの靴音が心地よく響いた。

「こちらでございます」

祭壇に向かって左側の一般席に達也は案内されたが、参列者の少なさにあらためて胸を衝かれた。最前列に商売仲間らしい高齢の男性が三名ほど陣取り、その他は何人かが離れ離れになって座っているにすぎない。達也はほぼ中段の壁際の席に腰かけると、視線を祭壇へ移し全体をじっくり眺めた。

白木の祭壇ではなく、葬儀につきものの菊や百合の他にさまざまな花で飾られた豪華な花祭壇であった。手前に白色や黄色のバラを配し、中段から鮮やかな青紫色のトルコキキョウが緩やかな川の流れのように飾られ、上段の遺影まで達している。遺影の故人は、花に囲まれて笑顔であった。

達也は複雑な感想を抱いた。花好きで知られた夫人の意を汲んで、祭壇を生花であふれさせて喜ばせてやりたいとの二宮の心情は痛いくらい分かる。しかし多くの参列者を収容できる広い会場やこの豪華な花祭壇など葬儀のすべてがかなりの費用を必要とし、商売がふるわない状況にある彼にとって相当の負担になるはずである。まがりなりにも会社を経営する達也には単純に二宮には賛同できず、冷ややかな心持ちにならざるを得なかった。

達也が会場から退出する機会を窺っているうちに、とうとう告別式が始まった。

「導師、ご入場でございます」

進行役の女性社員の低い声でアナウンスがあった。達也の背後の方から読経が聞こえ、徐々に大きくなった。導師が脇導師と役僧を従え、読経しながら通り過ぎてゆく。祭壇に到着すると、例の女性社員が静かに祭壇の方に歩み寄り、スカートで動きが制限されるのを苦にもせず、片膝を立ててしゃがみ込み、腰を下ろした導師が曲彔《きょくろく》を引こうとするのをすかさず押して助けた。その動きはごく自然で、無駄がなかった。その際、黒いストッキングに包まれた腿が一瞬スカートから露《あらわ》になり、形の好い脚全体がよく見えた。彼女を目で追う達也の心を乱した。場に不似合いな気持ちの昂りを覚え、それを周囲に気取られないように平静を装うことに努めた。

告別式は予定どおり進んだ。高齢な導師は掠れ声で弱々しかったが、壮健な脇導師や役僧がいるおかげで読経は途絶えることがなく、むしろ合唱のように美しく響いた。仏教に無知の達也でも心地よい諷誦《ふうじゅ》の渦に身を任せ、我を忘れそうになったところへ、アナウンスが焼香に入ることを告げた。数珠を左手に回した二宮が焼香台の前に進み参列者に一礼すると、祭壇に向き直って黙礼し、右手でつまんだ抹香を額のところまで運んでから、香炉の炭にくべて合掌した。

焼香の順番が次にまわってくる親戚が、最初に異変に気づいた。二宮の手を合わせている時間が尋常ではないほど長く、席に戻る気配がないのだ。告別式の円滑な流れを停滞させかねなかった。壁際で控えていた例の女性社員がさりげなく二宮に近づいてハンカチを渡すと、そっと背中に手を当てながら何か囁き行動を促した。二宮は幼稚園児のようにこっくりとうなずき、皆がいる座席の方へ振り返り、ゼンマイ仕掛けの人形のようにぎこちなく頭を下げた。泣き濡れた顔から鼻水が垂れ、借りたハンカチで遠慮なく拭い、ようやく自分の席に戻った。次に控える親戚がまるで遅れを取り戻すかのように、慌ただしく焼香台へ向かった。達也は一部始終を目の当たりにして、半ば予想していたこととはいえ、とことん悲しみの感情を露にする二宮に呆れ果てた。女性社員が達也に焼香の番を伝えに来たとき、彼女を無遠慮に直視したが、意外なくらい無表情であった。

参列者全員の焼香が済むと、女性社員が同僚と協同で焼香台を片付け、壁際の所定の位置に戻り、待機した。控えめにしているのに、体の前で組んだ手の指先や直立した足先まで神経が行き届き、同僚の社員に比べてその容姿が際立っていた。達也はますます彼女に興味を覚え、もうしばらく見ていたいとの欲求にかられた。

その日、達也は告別式だけで辞去することはなく、二宮が望んだとおり、火葬場から戻って四十九日法要まで参列した。喪主は盛んに感謝したが、居残った理由を達也はとても口にできなかった。

四

達也は仕事中にかかってきた二本の電話に心を支配された。そしてそれらはどちらも西城祐子に関するものであった。

一本目は懇意の銀行員からで、先日打診した祐子への融資の可能性についてその結果を知らせてきたのである。

　祐子は都心に建設されるマンションの計画を聞きつけ、その購入を熱望した。そのマンションは女性好みの瀟洒なデザインのうえに、施工前ならば設計変更がかなり認められることに特長があった。部屋の数を減らし一部屋のスペースを拡大することばかりでなく、防音工事を施すことも可能であった。金融機関との取引に慣れていない祐子は、資金調達について経験豊富な達也にその仲介を依頼していた。

　予想したとおり、金融機関の回答は当人にはそのまま聞かせられないくらい辛辣なもので、思わず達也の表情を歪ませた。「フリーと言えば聞こえがいいが、定職もなく毎月の収入も定まらない人物に、当行は住宅ローンを組むことはしない。ご友人にその旨よろしくお伝えください」と、冷笑が目に浮かぶ口調で話を結んだ。

　二本目の電話は病院を経営する悪友の戸田からであった。中学、高校と六年間も学校生活を共にしたこの男は、友達と言っても心が通じた相手とは言いがたい。社会人になってからの付き合いは、ギャンブルや酒場での交流、株式などの投資ではお互いに情報交換し利益を得ようと画策し、ときには故意に相手に損失を被らせて喜んだりする間柄であった。

「参った、参った」と彼が珍しく弱音を吐いた。「ずいぶんやられちまった」

「何にやられた」

「仮想通貨だ」

達也は戸田が以前から相当な額を仮想通貨に投資していることを教えられていた。達也はその相場が急落したことを、昼間のニュースで知っていた。戸田が自分の損失を打ち明けるために、わざわざ電話をかけてくるはずがなく、何か魂胆があるにちがいなかった。

達也は年若の男を諭すように言った。

「しばらくはリスクの大きい投資はやめることだな」

「金はいくらあっても困りはしない。儲けることは俺の楽しみだ」

戸田の声色が明るく変わったことに達也は気づかなかった。

「まあ、女で金を使い、泣きを見るよりもましだろう」

「うん、何のことだ？」

「ほら、地元の経済団体の懇親パーティーでピアノを弾いた女を覚えているか」

「ピアニスト？」

「そうだ。上品に言えばピアニスト、俺に言わせればピアノ弾きの女だ」

「それで…？」

「あのとき俺がとても興味を持ったのを見て、お前は『金のかかる性悪女だからやめとけ』と忠告してくれただろう。そのピアノ弾きの女を先日街で目撃した」

「また、惚れ直したのか？」

「ちがう、ちがう。鼻の下を長くしたジジイと一緒に歩いているところを偶然見かけたのさ」

「ピアニストの女性が男の人と歩くこともあるだろう。だから関係があるとはいえない」

「一年前にお前が言ったとおりだった。買い物の包みをいくつも持って、まるで家来のように半歩下がって嬉しそうに歩いていた。お前の忠告に従わず手を出していたら、俺があなっていたかもしれない。そう思うと、礼を言いたくなった」

達也は戸田の電話してきた意図が次第に分かってきた。十分注意を払って行動してきたつもりであったが、西城祐子と達也が一緒にいるところを彼に目撃されたのかもしれない。戸田にしてみれば自分が興味を覚えた女を達也に横取りされたと考え、腹いせにわざわざ電話をかけてきたのだろう。ただ、横取りではない。

西城祐子と付き合い始めて間もなくの頃、このパーティーのことが話題となった。祐子はそのとき同席していた戸田のことはよく覚えていなかったが、演奏中いやらしい視線を絶えず送ってきた男がいたことは強く印象に残っていたという。おぼろげな記憶の断片をつなぎ合わせると、それが戸田であることに間違いないと祐子は確信し、相手の容貌を舐めまわすように見つめる彼の癖を二人して思い起こしては笑ったものだった。

達也は祐子の買い物の品々を持って従うように歩くような真似はしない。だから戸田が自分を指して言っているると思うのは間違いで、もしかすると祐子に取り入る男を実際に目撃したのかもしれなかった。達也はにわかに祐子の背後に見え隠れる正体不明の男に対して警戒心が芽生えた。

「お前の忠告に従って、俺は女に関して今も注意しているけど、お前も気を付けろよ。何といっても、お前には素敵な奥さんがいる。泣かせるようなことはするな」

と戸田は含み笑いをしながら言って、電話を切った。それは一本目の電話の銀行員の話し声と重なり、達也に我知らず唇を噛ませた。

五

その日は、達也は仕事が終わってもまっすぐ帰宅しなかった。場末のチェーン店の食堂で夕飯を済ませ、それからしばらく街をぶらつき、時間を潰した。

　達也は小一時間ほどして、目当てのホテルへ足を向けた。正面入り口を抜け、重厚なカーペットを敷いたラウンジを通り、わずかに照度を低くした奥のバーカウンターの席に迷わず腰を落ち着けた。速やかに歩み寄るバーテンダーに好みのカクテルを注文すると、体をひねって無人のステージを見やった。

　時刻は八時半になろうとしている。今晩ラウンジでピアノ演奏をするのは西城祐子だ。間もなく三回目の演奏が始まる。達也はあらためてラウンジ全体を見回した。中途半端な時刻のせいもあって、ラウンジの席は半分程度しか埋まっていない。商談の場所に使っているサラリーマン、パーティーの流れで来ている婦人たちのグループ、場所に慣れず居心地悪そうにしている老夫婦など、誰もかれも今から始まるピアノ演奏を熱心に聴こうとする者たちではなかった。

　達也は嘆息したい思いで視線を戻そうとしたとき、ステージ正面から三列目のテーブルに一人でいる男に目が止まった。額が秀でた頭部にふくよかな耳たぶがぶらさがり、達也と同じくらいの年頃に見えた。ステージを凝視し、出演者の登場を待っている。仕立ての良いスーツを一部の隙もなく身にまとい、かなり服装に気を使っていた。仕事帰りに立ち寄った達也は、ノーネクタイでジャケットを羽織っただけのわが身を振り返り苦笑した。

あの男は何者だろうかと興味が湧いた。この場に居合わせる他の客と異なり、明らかにステージに祐子が登場するのを待っている。彼女の出身地の福岡から親戚が上京してきたわけではあるまい。

達也は唐突に戸田の話を思い起こした。荷物を持ち、従者のように祐子に従っていた男とは、もしかするとこの男のことではないのか。戸田の作り話だと思っていたものがにわかに現実的になり、達也は内心慌てずにはいられなかった。この男のことをもっと観察し、正体を見極めようとしたとき、各テーブルのランプの灯りだけを残し、ラウンジの照明が消えた。

やがて暗いステージからピアノの音が流れて来て、ラウンジ内の会話を止ませた。曲の途中で転調すると、唐突に天井から一条の光が差し込み、黒光りするグランドピアノとその操り手を照らし、それからステージ全体が明るくなった。深紅のドレスをまとった祐子が全身全霊を傾けて鍵盤に向き合っている。曲が終わると、こと切れたかのように動きが止まり、沈黙を迎えた。会場の客たちから一斉に拍手が沸き起こった。

一曲演奏を終えて緊張を解いた祐子がふと思い出したかのように「こんばんは、西城祐子です」とにっこり笑って自己紹介した。「本日は当ホテルにお越しいただき誠にありがとうございます。お忙しい中、ピアノのやさしい調べと共にすてきなひとときをお過ごしください」

と言うと、再び演奏に入った。曲が進行するにつれ、達也は祐子の衣装に注目した。鮮やかな深紅のロングドレスは、胸の中央の辺りにスパンコールが埋め込まれ、上半身の動きに合わせてときおりきらめく。デザインといい生地といい遠方からでも高価なものと分かる衣装であったが、なんとなく祐子の好みでないような気がした。

演奏は二十分ほど続いて終了した。祐子が固い笑顔を残してステージから立ち去ろうとすると、例の男がいつの間にかステージまで歩み寄っていて、手にした花束を差し出した。祐子はたちまち表情を変化させて二言三言言葉を交わし、すんなりと花束を受け取ると、握手に応じるべく右腕を伸ばした。両手で手を包み込み、羞恥を滲ませた男の笑顔がスポットライトの輪の中に浮かんだ。

達也は急いでバーの支払を済ませると、レシートを上着のポケットにねじ込み、控室に戻る祐子に会うべく通路へ急いだ。間もなく花束を抱え、疲れ顔の彼女が戻って来た。

「あら、いらしてくださったの。気づかなかった」

「演奏の邪魔をしてはいけないと思って、バーカウンンターの片隅で大人しくしていた」

「近くの席で聴いてくだされればいいのに」

「熱心なファンがいたからね」

「ああ、これね」と祐子は言って、花束に目をやり鼻元に皺を寄せた。「あまり気にすることはないわ。仕事で知り合ったお客さんが、たまたま来てプレゼントしてくれたの」

「ファンは大事にしなくてはいけないからね」

達也の厭味な一言に、顔を顰《しか》めた祐子は反論しようとした。ちょうどそこへ遠方から「祐子さん」と声がかかった。二人が揃ってそちらの方をうかがうと、さっき花束を渡した男が満面の笑みを浮かべて立っていた。

「ああ、萩原さん」

達也との会話を中断して祐子は萩原の呼びかけに応答した。ボストンバッグを提げた中折れ帽の萩原は、足早に彼女の目前までやってきた。ラウンジで目撃したときは気づかなかったが、帽子を被っても達也の肩にようやく届くほどの小男であった。男が胸を反らして話した。

「祐子ちゃん、まだステージが残っていて悪いのだけれど、僕はもう帰らなくてはいけない」

「あら、どうして。演奏をもっと楽しんでくれればいいのに」

「明日、時間がかかる手術があるので帰らなければならない」

「それは残念ね。今晩は来てくれてありがとう」

祐子が両腕の花束を片腕に抱え直し、空いた手を相手に触れんばかりに近づけ、男の気を惹くと、萩原の表情は以前にもまして柔らかくなった。

「そのドレスを着たあなたが一目見たくて、今晩無理して来てよかった。よく似合っている。それを選んで正しかった」

「ええ、すてきなドレスをいただいて感謝しています」

萩原が初めて彼女の背後にたたずむ達也の存在に関心を持ち、そこに立っている理由を探したが答えを見出せず、探求心に充ちた目でピアニストにその解答を促した。相手の強い圧力に怯んだ祐子は、一瞬躊躇したものの覚悟したように口を開き、会社経営者の河野さんで、長年のファンだと紹介した。達也には、萩原を栃木県で大病院を経営するお医者様だと説明した。

達也は「どうも」と言葉を端折って挨拶したが、相手は傲然《ごうぜん》とした態度で達也の頭からつま先まで眺めまわすと、帽子の鍔《つば》に軽く手を添えて無言の挨拶を返すにとどまった。もはや達也に関心を示すことはなく、態度がぎこちない祐子に向き直った。

「祐子ちゃんにはいろいろなファンの方がいらっしゃる。それだけ祐子ちゃんのピアノが多くの人に愛されているということですかね」

「恐れ入ります」

「では僕はもう帰ります。また、いつものように電話をください」

「よろしくお願いします」

彼女がお辞儀をすると、萩原はうんとうなずいて踵を返し、ホテルの玄関へ向かった。


達也は祐子の控室へ案内された。壁際の化粧台には持ち込んだ化粧道具であふれ、取り散らかった印象が拭えなかったが、この後ステージがいくつか残っているので無理もなかった。達也は祐子にすすめられてアームチェアに腰を下ろした。祐子は花束を無造作に化粧台に置くと、ドレスの裾に注意しながら化粧台の椅子へ腰かけ、意味ありげにじっと達也を見据えた。

「今日はいい話を持ってきてくれたのでしょう？」

祐子の一言に、達也は顔を引きつらせた。彼女が何を言いたいのかすぐに分かった。

「融資の話はもう少し待ってくれ。金融機関と交渉している最中だ」

「なんだ、まだ結果が出ないの。購入できなかったらあなたのせいだから」

「金融機関から好条件を引き出すには時間がかかる」

と達也は苦し紛れに返答した。

部屋の奥にカーテンで仕切られる簡便な更衣スペースがあった。カーテンが空いたままで、達也はそこのハンガーラックに黒の薄い衣装が吊るされているのを目にした。いま着用しているドレスとは趣向がまったく異なった。

「あの衣装もステージで着用するの？」

「もちろん」

「この衣装はどうするの？」

「もう着ないわ。衣装を着用したところを先ほどのステージで見せただけ」

祐子がこれから着替えると言うので、達也が部屋を出て行こうとすると、その必要はないと止められた。祐子はさっさと更衣スペースまで移動して、カーテンを勢いよく引いた。

重々しいドレスを脱ぎ、床に落ちる音が聞こえた。

達也は化粧台に近づき花束を見下ろした。スポットライトの輪の中で、にやけた萩原が、ステージ上の祐子に花束を差し出す光景がよみがえった。そのとき達也が感じた忌々しさまでがいまここでぶり返し、不愉快な気持ちのうえに塗り重ねられ無意識にそのはけ口を求めていた。

達也は、丁寧にラッピングされた花束を手に取り、顔へ近づけてみた。赤とピンクのバラがバランスよく束ねられ、互いの色を引き立て、全体に華美な印象を見る者に与えた。上品な香りがかすかに漂い、それがかえって彼を苛立たせた。花がいくつかある中で、最も形よい凛としたバラの花びらを指で小突いてみると、抗うかのようにかすかに揺れた。息を殺して指を茎まで滑らせ、わずかに力を込めて折り、目立たぬように他の花々の間に紛れさせた。

カーテンが開けられ、着替えを済ませた祐子が現れた。先ほどまでハンガーに掛かっていた光沢のあるキャミソールドレスを身にまとい、達也の視線を意識してポーズを取った。朱子織の布地で縫製され、胸元は大きく切れ込み、体に張り付いてそのラインがよく分かり、演奏に支障があるのではないかと心配になった。これを着こなせる彼女を達也は誇りに思うが、その一方で多くの男の目には晒《さら》したくないというのが率直な感想であった。

祐子はモデルのように闊歩して達也のそばまで来ると、わざとしなを作ってみせた。

「どう？」

「よく似合っている」

「誰も同じことしか言えないのね」

祐子は苦笑いしたが、すぐに引っ込めた。達也が悪意のある質問を放った。

「この衣装もあの男に買ってもらった？」

「よして」

いきなり祐子が台上のバラの花束をはたくように投げつけ、それが達也の上半身に当たった。高価な花々が床に散乱した。達也はそれには怯まず、さらに追及した。

「いったい何着買ってもらえば気が済む？」

「これは私が自分で買いました。萩原さんにプレゼントしてもらったのはあのドレスだけ。地方で演奏するときは地元の支援者が必要で、ご機嫌をとる必要がある。プレゼントはありがたく頂戴するしかない。それをあなたは何か誤解していない？」

「どういうふうに？」

「男女の仲を疑われてはやりきれない」

祐子の非難に達也が黙ったままいっこうに態度を改める気配がなかったので、彼女の顔がみるみるうちにこわばった。それから口の端をわずかに歪め、達也をおぞましいものを見るようににらみつけると、断罪するように言った。

「あなたという人がよく分かった。あなたは私に近づいてくる男は皆自分の女に手を出すのではないかと考える、とても偏狭な人よ」

「何を言う！」

達也は怒りで声をあげた。手が震えたが、かろうじて抑えた。祐子は相手の反応などは無視して、感情にまかせて思うままを口にした。

「はっきりさせておきますが、私はあなたの女ではありませんから」

「では何だ？」

「私が音楽活動をするうえで、いい刺激を与えてくれる協力者だと思った。でもちがった。ただ性だけにしか興味のない女たらし」

「音楽への刺激なんて都合のいい理由だ」

「音楽活動の障害になるから、私たち会わないほうがいいわね」

「こちらだってお断りだ。あなたのしたいようにすればいいよ。大切な協力者によろしく」

達也は息を荒くして部屋を出ると、ホテルの社員の往来が多い通路を大股で歩いた。怒りがなかなか収まらず、玄関ロビーの辺りまで来ると心がようやく落ち着き、先ほどの出来事を振り返るだけの余裕が生まれた。彼女の性格から判断して、一週間ほど後に連絡を取れば案外平然と電話口に出るのではないかと思いを巡らした。

達也が帰宅すると、今日の翻訳作業が深夜まで及ぶかもしれないと言っていた久美が、意外にもソファに座ってテレビを見ていた。こちらを見ていない隙に、急いで自分の上着を嗅いで移り香がないことを確認し、心を鎮めてから声をかけた。

「夕飯は外で済ませて来たよ」

「翻訳の作業で疲れて、とても食事の支度をする気になれなかったから、ちょうどよかった。そうしてくれて助かる」

久美は夫の方を振り返ることもせず、テレビの画面に視線を固定したまま答えを寄こした。熱心に見ていたのは、中高年女性が罹患する病気を特集した番組だった。達也は脱いだ上着をソファの背もたれにかけ、用を足しにトイレへ向かった。

リビングに戻ってみると、上着がずり落ちてしまったらしく、ちょうど久美が床から拾い上げるところだった。二、三度軽く叩き、皺にならないように折り畳んだとき、久美が嘆息するように声をあげた。

「シミができている」

「えっ！　どこに？」

「ほら、これを見て。裾の方にうっすらと見えるでしょう」

「本当だ」

上着を広げ天井にかざして入念に見直す久美へ、達也は抵抗することなく認めた。

それにしてもうかつだった。ホテルを離れる直前に、衣服に花束を投げつけられた痕がないかトイレの鏡でざっと確認したが、室内の照度が低かったこともあってそのときは全く気づかなかった。なんと釈明したらよいものかと気がかりが脳裏を襲った。

「ああ、やっぱりこっちにもできている！」

久美が今度は、身を屈めて夫のシャツを検《あらた》め、新たなシミを発見した。達也はその声にドキリとして、頭を傾けて自分の上半身を覗《のぞ》き込んだ。

「いったい何をして来たの？」

久美がすかさず訊ねた。達也はシャツの裾を両手で引っ張り出してしげしげと眺め、考えるふりをした。そしてようやく腑に落ちたかのようにふるまった。

「鉢植えの花かもしれない」

と達也は言って、きょとんとする久美を見届けてから、事情を淡々と説明した。

最近退職した高齢の嘱託社員が、目をかけてくれた先代社長と同様に無類の花好きで、事務所にいくつも鉢植えを飾り、それを残したままだった。ふだんからこころよく思っていなかった達也は、勇んで撤去した。その際にベゴニアやアンスリウムの花が衣服に触れてシミをつけたように思われる。久美はそれを聞いて、疑問を呈した。

「片付けを社長のあなたが自らやったの?」

「うん。大方の社員が外へ出ていたし、社内にとどまる事務員も電話中で、手がまわらなかった」

「中小企業の社長の仕事にはいろいろなものがあるのね」

久美が呆れながらそう言うので、達也はもっともらしくうなずいた。ただ、ベゴニアやアンスリウムの花でこのようなシミができるのか知らないうえ、実際に鉢植えを移動させたのはベテランの女性事務員で、そのことは黙っていた。達也はこの場を早く収めるべく妻に持ち掛けた。

「明日の出社の途中に、クリーニング屋へ寄るよ」

「私が行くからいい。汚れをちゃんと落とすには原因を正確に伝えなければいけない。あなたがいい加減に言うと、お店も適当に処理してしまう」

「分かったよ、それでは頼む」

達也はなんとかこの事態を乗り越えられそうな様子なので、緊張をゆるめ、妻に委ねることにした。

翌日、達也は上着のポケットにホテルのバーのレシートがはいっていたことに気づき、一瞬しくじったと青ざめたが、一人分の記載しかないのを思い出して、心配するのをやめた。

六

天気予報では今年は空梅雨と報じていたが、予想に違わず六月になっても好天の日が続いた。週末の夜に繁華街へ足を向けてもよさそうなものを、たとえ表面上とはいえ祐子と仲違いしたばかりの達也には、刺激を求めてあちこちを出歩く意欲が著しく損なわれていた。

　達也は自宅のあるマンションに戻ると、集合ポストに立ち寄った。帰宅した際、郵便物の有無を確認することが、娘の麻美から何度も注意されてようやく身に着いた習慣であった。集合ポストに入っていた郵便を取ると、エレベーターで自宅のある六階へ上がった。

　達也が玄関を開けても反応はなかった。部屋は真っ暗で、久美はまた仕事部屋で翻訳の作業をしているのだろうと考えた。最近は部屋にこもっている時間が長くなる傾向にあり、夕食の支度が遅くなることもたびたびであった。今日もそうなのかと達也はうんざりした。照明を点けないままソファにだらしなく座り、ずっと動かずにいた。

　十分ほど経って久美が仕事部屋から出てきた。暗がりで泥棒と鉢合わせでもしたかのように驚く。壁のスイッチを押して灯りをつけた。

「翻訳の仕事をしていたの？」

「うん。あなたが出社してから、ずっと」

　久美は伸びをすると、テーブルに放置された半開きの新聞を折り畳む。それを目で追っていた達也は、その紙面に名古屋という大きな見出しを発見し、思い出したように言った。

「あれから麻美から連絡があった？」

「メールならときどきある」

「何て送ってよこした？」

「料理のレシピを教えてほしいとかいろいろ」

「会社のことは？」

「触れていない。でも後藤さんとも話し合いを進めているみたい」

「後藤と？　なぜ後藤がそこに絡んでくる」

「分からない」

後藤の名前が挙がったことに達也の心が騒いだ。娘の勤務先が彼の親族が経営している会社だとはいえ、会社の人間でもない後藤が人事に口を挟める余地などあるはずがない。それに疑念を抱かず暢気に構える久美に不満を覚えた。

「明日にでも麻美にメールで訊いてみよう」

「放っておいて。また麻美に嫌われるわよ」

すぐに押し止められた。久美が平静を保っていられるのは、麻美とはこの件についてすでに話し合っているからなのではないかと達也は邪推した。

久美がキッチンに立って夕食の準備を始めた。キャベツやその他の野菜を刻み、フライパンで炒めるのがソファにいる達也にも分かった。料理を手際よく次々と進める。達也は集合ポストから持ってきたものを仕分けると、郵便物の中に久美宛に淡いピンク色の封筒が混じっていた。すぐに妻に声をかけた。

「久美に郵便が来ている」

「どこから？」

「お義母さんを入所させたい特別養護老人ホームからだ」

「ああ、ときおりくる状況確認書ね。リビングのテーブルに置いておいて」

「いつになったら、入所できるのだろう」

達也は封筒を指でつまんで呟いた。

久美の母親の多津子は、長らくひとり暮らしを続けていた。達也は久美と共に、海辺の町に住む彼女を何回か訪問したことがあるが、細部まで手を抜かないきっちりとした性格で、ずぼらな彼には苦手な部類の人であった。

しばらくして、多津子は持病の膝が悪化して立ったり座ったりが不自由になり、小規模の住居型老人ホームに入所したのは三年前であった。やがて認知症の兆候が表れ、時間の経過とともに症状の程度が確実に増して、手厚い介護が受けられる特別養護老人ホームへの入所を希望し登録した。しかし待機者が多すぎてなかなか順番がまわってこない。施設からは時折本人とその家族の状況を確認するアンケートが送付され、その内容によって入所の優先順を決定しているようであった。離れて暮らす久美は、満足する介護を母親に受けさせられず、日を追うごとに胸を痛めた。

「お義母さんの具合はどう？」

「いやになるくらい進行している」

そう言う久美は、ときおり単身で実家へ帰省し、母親の様子を窺うだけでなく、留守になっている実家の状態を確認していた。

達也自身は十数年前に両親を相次いで亡くしていた。父親は風呂場で倒れて亡くなり、母親は事故で命を奪われたので、老いた両親の介護で難儀な経験をせずに済んだ。しかし久美の場合は異なる。高齢の親を見守るのは何かと忙しく、その対応に心身共に苦しむということを、妻を見て思い知らされた。

多津子が施設に入所して日常生活の起居や食事の心配はかなり軽減されたが、それに係る雑事で依然として多くの時間を奪われた。定期的に必要となる介護保険や行政関係の煩瑣《はんさ》な手続き、ケアマネージャーとのやりとり、施設職員との面談その他さまざまな範囲に及んだ。衣替えで新たに衣類を持ち込むと、何を持参したか色まで細かく記載した書類を届け出る必要があった。

入所者が風紀を乱すなど問題行動を取ると、家族が呼び出され早急な善後策を講じなければいけなかった。幸いなことに多津子はまだそんな問題のある行動を取ったことはなくて大変助かったが、老いの進行でどう変化するか分からず、不安の種は事欠かなかった。

高齢者に適した希望どおりの施設に入ることは困難でさんざん気を揉むというが、入所後にもこのような苦労がたくさん控えていた。達也はそのような事情が起こることを理解して、多津子の介護に関してはあまり口をはさまず、久美の希望にできるだけ沿うことにしていた。

久美が調理の手を休めて振り返り、真顔でソファの達也に声をかけた。

「来週、母がいる施設に行ってみようと思う」

「僕も付き合うよ」

「施設の人と話をし、役場で手続きもしなければいけない。時間がかかりそう。もしかすると実家に泊まることになる。だから来なくていいわ」

「そうか。相変わらず大変だな」

夫婦二人の夕食は総菜の品目数こそ多くないものの、夫が希望するため料理は手の込んだものが多く、そのうえ夫が酒を飲むこともあって、それに費やす時間は長かった。達也はこの日も総菜を箸でつまみながら三杯目の水割りを楽しんでいた。とうに食べ終わった久美は両肘をつき、感情を出さないでさりげなく切り出した。

「今度の日曜日、何か予定はある？」

「特にない」

「お天気だったらお昼にバルコニーでご飯にしない？　二人だけのパーティー」

「いいね。でも、どうしてまた急に？」

「今の仕事がもうすぐ一区切りつきそうなので、リラックスしたいと思って」

「それだったら、一泊でもいいからドライブ旅行へ行こうよ」

「おうちでゆっくりしたいの」

「そうか」

達也は申し出があっさり却下されて気分を害したが、すぐに考え直した。ホームパーティーを提案する久美の真意を測りかねるものの、日中から酒が飲め、最愛の妻と休日をゆったり寛いで過ごせることはこのうえなく有意義に感じられ、来る日曜日を早くも楽しみにしている自分を発見した。その日には久美を喜ばせるようなものを用意しようと心に決めた。

七

日曜日は天気に恵まれて、二人は朝から忙しく過ごした。今年初めて半そで姿になった久美はキッチンにこもり料理に取り組んだ。

達也はバルコニーに出て、物置から折り畳まれた木製のガーデンチェアとテーブルを運び出し、作業手順を思い出しながら時間をかけて組み立てた。久しく使用していなかったのでうっすらと埃をかぶっていたが、雑巾で大まかに拭くと、木の自然な風合いがよみがえった。セッティングが滞りなく完了すると、達也は椅子の一つに腰かけて具合を確かめた。肘掛けに腕を預け上半身を反らすと、達也の目に晴天の空が飛び込んできた。申し分のない青空で、太陽の光が弾けて目をすぼめた。

「ねえ、もうすぐ料理ができるから、先に食器を運んでくださらない」

と室内の久美から声がかかった。達也は反射的にスマートフォンで時刻を確かめた。約束の時刻は間もなくである。

達也は妻に指示されたとおり、テーブルにランチョンマットを敷き、皿やフォークを置いた。そうしていると、久美ができたばかりの料理を運んできて、手際よく並べた。飲み物は赤ワインにレモンやリンゴのスライスが入ったサングリア、マグロとアボカドのポキが舟形のサラダボウルに盛りつけられてあった。

準備が整い、エプロンを外した久美が着席すると、バルコニーでの二人だけのパーティーが始まった。サングリアが注がれたグラスで乾杯の真似事をした。口に含むと、予想に反してアルコール分が含まれてなくて、達也を少々がっかりさせた。しかしその他はいずれも彼の好物であった。

久美が不意に席を立ち、しばらくして戻った。達也のサングリアを口にしたときの落胆ぶりを気にかけて、昨夜飲みさした白ワインのボトルを、冷蔵庫から取ってきたのであった。容器に移し替えなかったので、味が悪くなってしまったかもしれないと言いながら、久美はワイングラスに注いだ。達也が口に含むと、なるほどわずかに酸化が強まっているようだが、妻の愛情で僥倖《ぎょうこう》に恵まれたことに感謝した。じんわりアルコールが食道から胃に広がった。酒で口の軽くなった達也が、炭酸入りのミネラルウォーターを飲む妻に訊ねた。

「今度の翻訳はずいぶん時間がかかったようだね」

「そうなの。作者の表現が独特で、苦戦した。でもこの仕事で認められれば、次はもっと条件のいいお仕事をもらえそう」

「一日どのくらい訳せば翻訳従事者として認められるの？」

「六時間作業するとして、最低千八百ワードぐらいかな」

「それで君はどうなの？」

「二千ワードはいくと思う」

「ほう、それは素晴らしい。もう立派な翻訳家だ」

そう言う達也はすでにグラスのワインを飲み干していて、自らボトルに手を出し二杯目を注ごうとしていた。久美はそれを目で追いながら、口惜しげに発言した。

「翻訳スピードは合格点に達しているのだけれど、作業時間を十分確保できない」

「主婦なので、家事がたくさんあって忙しいから、無理ないね」

達也はそう言って慰めたが、彼女の顔色はすぐれなかった。久美はまた席を立って、台所仕事をした。バルコニーに残った達也は、スマートフォンの時計を見ると、注文した品物が食事の最中に配達されるか少々心配になった。

やがて久美がお盆に載せてカニのトマトクリームパスタを運んできた。達也の好物で、待ちわびたかのようにフォークを取り、湯気の立つ大盛りのパスタを勢いよく頬張った。ニンニクの風味が効いている。

「お味はいかが？」

「うまいよ」

「それはそうよ。丹精込めて作ったから」

「久しぶりにバルコニーでパーティーしたけれど、やっぱりいいものだ。近いうちにまたやろう」

「機会があったらね」

あまり乗り気でない妻の返事が達也には解せなかったが、ちょうど彼のスマートフォンの着信音が鳴り、その話は中断された。達也は慌ただしくナプキンで口を拭くと、音をたてて椅子から立ち上がった。

「どちらへ」

「宅配便が届いたとメールで通知が来た。一階の宅配ボックスに行ってくる」

「あら、何かしら」

達也が戻って来るのに十分もかからなかった。両手で何やら箱を抱えている。テーブルに置くと、妻に開封するように指示した。

「まあ、すてき」

久美が思いがけなく歓声をあげた。宅配便で配達されたのは、大手デパートのフルーツギフトであった。カットしたイチゴやオレンジ、ブルーベリーなどを、まるでブーケのように器に盛りつけてあった。

「間に合ってよかった」

「わざわざ注文したの」

「そうだよ。二人のパーティーに華を添えたくて」

「食べきれるかしら」

久美がそう言って、飾り付けられた果物のカットをいくつか小皿に取り、口に運び始めた。達也はフォークを手に取らず、妻の動作をにこやかに眺める。もとより彼は果物をあまり好まなかった。いつまでもそうしているので、久美に「あなたも食べて」と促され、ようやく一つ二つ口に放り込んだ。無駄にしたくない彼女は無理して食べ続けたが、当初から憂慮していたように、半分も食べないうちに動きが止まってしまった。二人は顔を見合わせて大笑いした。

夫婦は久しぶりに長時間話し込んだ。江戸川区に住んでいた頃、幼い麻美がひとりでお使いに行ったがなかなか帰らず、焦って行方を探したところ、公園で砂遊びに興じていて、叱るのも忘れてひどく安堵したこと。このマンションへ引っ越して間もなく、住人の熟年カップルが壮大な痴話喧嘩を起こし、警察沙汰までになったが、結局は離婚して転居したことなど思い出話を次々と繰り広げた。バルコニーからの眺めについても話題に上がった。江戸川沿いの空き地に新たなマンションの建設が計画され、無粋な工事用の仮囲いがなされて久しい。達也が嘆いた。

「いつから工事を始めるのだろうか」

「高層の建物だそうね」

「双眼鏡でこちらを覗かれるから、建ってほしくないよ」

「あなたは裸で体を焼けなくなるものね」

久美が唐突に話を止め、横腹に手を当てた。達也はそれを見逃さなかった。

「どうした？」

「食べすぎたみたい。おなかがちょっと張っている」

「いけないね。もうお開きにする？」

「ううん。もう少し話そう」

パーティーを始めてから一時間が過ぎていた。久美の願いもあり、二人はそのままバルコニーで過ごした。

真昼を過ぎた空は、上天は依然として青いのに、下の方はずいぶん雲が湧き出て、これから天候が変わる兆しを示していた。わずかに風が吹くと、気のせいか達也はひんやりと感じ、半そで姿の妻が体を冷やしてしまうのではないかと心配した。そんな夫の気遣いをよそに、テーブルの上で両手を組む久美は、それまでの話題とは異なる母親のことを真顔で話し始めた。先日久美が近いうちに帰省すると言っていたが、達也はおそらくその続きかと思って確認すると、久美は深刻そうにうなずいた。

「体調がすぐれない日が多くなっている。これからは施設からたびたび呼び出しがあると思うので、すぐに駆け付けられるように、できるだけそばにいてあげたい」

「そんなに具合が悪いのか」

「すぐに入院しなければいけないということではないけど」

「困ったね」

かつて義母が夜中に喉に痰を絡ませ、ひどく苦しんで一晩を過ごしたことを達也は思い出した。夜間の施設に医療従事者は常駐せず、加えて痰を吸引する資格を有する介護職員がいなかったため、早急な対応に窮した。施設から連絡を受けても、遠隔地にいる久美にはどうすることもできず、沈痛な面持ちでひたすら回復を願うしかなかった。そのときは、職員の手厚い介護のもと、自力でなんとか吐き出せて大事に至らずに済んだ。

「それで君はどうするつもり？」

「実家に泊まり、毎日ホームに通って、母の様子を見ようと思う」

「いつ頃から向こうに行くの？」

「なるべく早めに」

「それはいいけれど、ときどきこちらに帰って来るんだよね。いつまでも向こうにいると僕が困ってしまう」

と達也が言うと、久美は思案顔になって黙り込んだ。達也は急な変化を訝しく思いながら、彼女が何か言いたそうなので切り出してくるのを待った。

「あなたに一つ話しておきたいことがあって、それについて了解してもらいたいことがある」

「何、急にあらたまってどうしたの？」

久美はこの段階になってもまだ迷っているようであったが、ようやく決心がついたらしく、背筋を伸ばして考えを述べ始めた。

「結婚して三十年になるけれど、今回の母の介護のこともあり、これを機会に二人の関係を見直したい。これからはあなたのお世話は今までのようにできない」

「えっ、何を言っているの。意味が分からない。君と僕は夫婦で、家庭のことは妻である君がしてくれるのが普通じゃないか」

突然の申し出に面食らった達也は、顔面がこわばり、どう反応したらいいか分からず、せっかちに妻の考えを質《ただ》した。久美は重要なことをひとまず口にできたのでかえって気持ちが落ち着き、余裕が出てきたようだった。

「今後はご自分のことはご自分でしてほしいの。食事の準備や後片付け、洗濯などをやってちょうだい」

「要するに家事を放棄するということか？」

「放棄するわけではない。私に関するものは当然私がする」

「夫婦で二分できないものもあるだろう。例えば風呂やトイレの掃除など」

「それらの役割分担は今後話し合いで決めましょう」

「まるでひとつ屋根の下の共同生活みたいじゃないか」

「そう思ってくれてもいいわ」

「僕は共同生活を認めるわけではない」

　達也は語気を強めて言下に否定し、話の流れが久美に有利なほうに傾くのを阻止すると、彼女の表情が引きつった。夫は妻が唐突に「共同生活」を提案してきたことが解せなかった。

　久美が憤って口を開いた。

「母の介護などで、今までどおりにはいかないのよ」

「お義母さんの介護で向こうに行くのはいい。でもそのために『共同生活』の状態にすることはないだろう。これまでどおりの夫婦関係でいればいいのだから」

　病身の母親に付き添いたいとする妻の気持ちは分かるが、そのために夫婦関係を見直そうとする思考を、達也は理解できなかった。母の行く末に不安を増幅させ身動きの取れなくなった久美が、「共同生活」という突飛な行動をとろうとしているにちがいないと判断した。しかし、理由としては薄弱な気がしてならなかった。介護で家庭を不在にすることは従前から認めていることであり、それは今も変わりない。

夫から同意を得られない久美は、躍起になって言った。

「ねえ、ぜひ分かってちょうだい。母の介護だけでなく、翻訳の作業にも時間は奪われる。それなのにあなたは自分勝手なことばかりして、ちっとも協力してくれない」

「話を聞いていると、君が何かに焦っているように思えてならない。時間ならたっぷりあるだろう」

「私たちはあと数年で六十歳を迎えるわ。その後は、歳を重ねるごとに気力や体力が衰え、やがて老いて無気力になっていく。だから後悔しないためにも、本当にやりたいことができるように、現在の夫婦の関係を見直したいとお願いしている」

それを聞いて、達也はつい声を張り上げた。

「そうか、分かった。君は翻訳に専念したいから、夫婦関係を続けたくないのだな」

「ちがうわよ」不興顔の久美はそれを聞いて寂しく目を伏せ、イヤイヤをする赤ん坊のように首を振った。「もう、たくさん。さんざん考えて決めたことなの。翻訳に邁進することに何が悪いの。充実した人生を送ろうとすることのどこがいけないの」

「君に勝手気ままにされて僕はどうすればいいのだ」

「あなたこそ、野放図に暮らしてきたではありませんか。私がいないほうがあなたには都合がよろしいのでは。すてきな人と好きなだけおいしい料理を食べ、親密な関係を持てばいい」

久美の放った棘のある言葉に、達也は驚愕した。なぜ二人だけのパーティーの席で、こんなひどいことを言われなければならないのか。ましてバルコニーは河野家にとって大切な空間である。達也は身動きせず、まじまじと相手を見つめた。人工芝の床に視線を落とした久美はやがて顔を上げ、まなじりを決して口を開いた。

「今までは当分先にしようと思っていたけれど、予定を変えることにした。明日から、母のいる茨城でひとり暮らしします」

「なぜ性急に事を進めようとするのだ」

「私はあなたとはもう一日も一緒に暮らしたくない。だから出て行く」

「ああ、そうかよ。好きにすればいい」

行きがかり上、達也もそう言い放ったが、急な展開に理解が追い付かなかった。

それを契機に、二人のパーティーは終わりを告げた。久美が片付けを始めても、達也は動く気になれず、そのままガーデンチェアに座っていた。テーブルには中身の入ったワイングラスが残されたが、飲み干す意欲をとうに失くしていた。久美は後片付けが終わると、実家に戻る準備だと言って、買い物に出かけた。

一人になった達也は先刻の諍いを反芻し、怒りを新たにした。妻は「共同生活」を切り出すために、二人だけのホームパーティーを計画し、そこで無理矢理、夫に承諾を迫ろうとしたのだろうかと疑った。用意周到な妻にあやうくのせられそうになったことに忌々しさが募った。しかし、鷹揚な妻が焦って行動を急ごうとする理由が分からないまま、いたずらに時は過ぎた。

夕飯の時刻になっても妻は戻らず、達也はやむなく冷蔵庫にあった昨夜の残り物で簡単に済ませた。それから二時間経過しても彼女からは連絡もなく、ベッドに入り浅い眠りに就いた頃に玄関が開きようやく彼女が帰宅した。しかし寝室には姿を現さず、物音を立てないようにリビングと仕事部屋を何度か往復して荷造りをしているようであった。

翌朝、達也が目を覚ますと、隣の久美のベッドは空のままであった。最近は仕事部屋で寝てしまうこともたびたびであったので、もしかするとそこにいるのではと期待してのぞいてみたが案の定姿はなかった。どうやら彼が起床する前に、すでに出発したのだと悟った。

八

妻が家を出た後、達也は二人の仲を改善するのにこれといった行動を取らなかった。というよりも思い惑って何もできなかったのである。

久美に電話をかけようと何度も試みたが、途中で操作を止めスマートフォンの画面を眺めるにとどまった。

麻美に連絡して、母親の動向について探りを入れることも考えたが、自分に対して妻よりもはるかに不機嫌な対応をとる娘に頼むのが憚《はばか》られ、しかもぶざまなところを見せたくなかったので、あえなく断念した。

達也は無為な生活を送っていると落ち込む一方なので、何とか気持ちを奮い立たせようと思案していたところ、ホテルで会ってそれきりの西城祐子が懐かしく思い出され、メールを送信してみたが開封もされず、鬱屈がさらに深まった。

そんなある日、達也のもとへ葬儀会社から一通の郵便物が届いた。二宮が利用した葬儀会社である。葬儀の際、達也が会社に供花を依頼したことから、住所の記録が残っていたのであろう。送り状には当日の参列のお礼と、会社が運営する友の会への加入をすすめる案内が記載され、併せてそのパンフレットが封入されていた。達也は即刻ゴミ箱に捨てようとしたが、送付書に記載された社員の名前に目がとまり、廃棄を思いとどまった。そして会社に電話し、記載された社員を呼び出したところ、果たして葬儀で二宮に付き添った女性社員であった。友の会に関心があるように装って、説明を聞きに事務所で面会する約束をした。

当日、達也が事務所を訪れると、すぐさま例の女性社員が出て来て、蓮田だとあらためて名乗り、彼と名刺を交換した。応接に着席すると、蓮田は二宮の葬儀が立派だったとありきたりな誉め言葉を口にした。達也は蓮田がてっきり葬儀場の専任スタッフだと思っていたと伝えると、葬儀のない日は事務所で営業の仕事を行うとの回答が返ってきた。前職の経験から、この会社でも営業の方が実は向いていて、葬儀の仕事はまだ慣れないと笑顔で答えた。葬儀場での取り澄ました表情と異なり、柔らかな笑みをたたえるので、達也は彼女の新たな魅力を発見して内心喜んだ。蓮田は渡された達也の名刺をあらためて眺め、記載された会社名とその肩書を目にとめて、今まで以上に熱心に話を進めた。

面談中に、蓮田が達也にアンケート用紙と筆記用具を手渡し、回答を促した。用紙には葬儀に関して希望する会場や予算などについて質問項目がいくつか並び、達也は渡されたボールペンを握り、それらを目で追った。いざ書こうとすると、手が著しく汚れているのに気づいた。向かいの蓮田が異変を察し、身を乗り出して訊ねてきた。

「どうかしましたか？」

「うん、ボールペンからインクが漏れたようだ」

「申し訳ありません。他につくといけないから、しばらくそのままでお待ちください」

蓮田はそう言って応接を離れた。濡れティッシュのボックスを持ってすぐに戻ってくると、達也の広げた手の汚れ具合をあらためて確かめた。それから「失礼します」とひと言声をかけ、左手で彼の手を支え右手の濡れティッシュで汚れを拭いはじめた。それはまるで幼児に対するように扱いなれた手つきであった。達也はこそばゆくもあったが、予想外の展開にほくそ笑んだ。葬儀の日から、どう親しくなるか考えあぐねていたが、こちらの手を触れたことで一気に二人の間隔が狭まり、にわかにチャンスが到来したように思われたのだった。

結局、この日はアンケートに回答するだけにとどめた。印鑑を所持していないことから、達也は後日来所すると伝え、契約書と口座引き落としの書類を持ち帰った。

二日ほどして、達也は蓮田に連絡を取った。忙しくて訪問することができない。その代わり出先で落ち合い、そこで書類を渡したい。場所は最近評判のレストランで、得意先への接待に使用することを検討しているが、事前に試食して店の味を確かめたいと考えている。ただ一人で試すのは味気なく、また第三者の意見も聞きたい。ついては忙しい蓮田に頼むのは恐縮だが、夜の会食でなく時間の短いランチになんとか付き合ってもらえないかと依頼した。実際はすでに店を何度か利用していて、その必要はなかったが、これはあくまでも彼女を誘い出すための偽りであった。終わりに、葬儀会社のパンフレットに記載されている法人会員への加入も検討したいと言い足すのを忘れなかった。会員数拡大のノルマに苦労する蓮田は、悪い印象がない男の話をしばらく沈黙して聞いていたが、彼女も店には前々から興味を持ち、昼間の時間帯のことであり、それに業務上の対応だと自分に言いきかせ、承諾の返事をした。

こうして一度外部に呼び出すことに達也が成功すると、これまでの豊富な経験を活かして彼女の関心をさらに惹きつけ、その後は気兼ねなく会える間柄となった。そんな一時しのぎのような関係は、くすんでいた達也の気持ちを引き立て、新たな楽しみが彼を救った。

連絡もなく妻の不在が三週間も続くと、よそに関心を向けがちな達也でもさすがに危惧を覚えずにはいられなかった。メールをしても依然として反応がなく、電話は受信拒否が続いている。

そんな折、麻美が家の固定電話に連絡してきた。

「ママはいないの？」

「ああ、おばあちゃんのところに行っている」

「具合が悪いの？」

「ううん、お前が心配するような状況ではない」

「そうなんだ」

そういう麻美の声に力がなく、娘の心持ちが心配された。

「ママに連絡したいことがあったら、伝えておくよ」

「いい。私が連絡する」

「仕事はどんな具合だ？」

「前と同じ状態」

「たまには帰ってくれれば」

「ママがいなければ意味がないよ」

電話はあっさり切られた。達也は受話器を置き、麻美がよこした電話の意味を己に問いかけた。瞬間、久美の差し金でこちらの様子を探るため、電話してきたのではないかとも考えた。母親に用事があるような口ぶりだったが、直接スマートフォンにすればいいのに、固定電話を使ったことに何の理由があるのかと訝しんだ。元気のない麻美の声が後々まで耳に残った。父親を疎んずるのは以前からで、ぶっきらぼうなのは今はじまったことではないが、それにしても暗く消沈した気配に思わず憂慮しないではいられなかった。

久美の身辺に何か不都合な状況が発生したのではないかと思い巡らすと、遊び呆けている場合ではないと思えた。今は家庭人として行動すべきだと判断し、消息を知らせて来ない久美を訪問することに決めた。

翌日、達也は明け方に車でマンションを出発し、常磐自動車道を走行して茨城へ向かったが、予定よりも大幅に早く目的地近くのインターチェンジに到着した。高速道路を快適に走行している間、達也は自分の心情が変化しているのを感じた。久美の唐突な申し出があってからというもの絶えず不快な思いは拭えなかったが、これから彼女に久しぶりに会えるので気分が高揚しているのが分かった。

インターチェンジを降りると、いったん海岸線まで東進し、そこから国道を北上する。久美の実家の正確な住所を忘れた達也はナビゲーションに頼らず、おぼろげな記憶を拠り所にあてずっぽうで車を走らせた。そのうち見覚えのある料理店の看板が遠方から目に入ったので近くまで行くと、店は残念なことに廃業していたが、にわかに家に至るまでの道順が思い出された。店舗の先の三つ目の角を左折し、さらにいくつかの角を曲がり、しばらく進んだところに義母の家があった。

達也は家と反対側の道端に車を停め、様子を窺った。扉のないコンクリートブロックの門柱には染みができ、それに続く塀のところどころは欠落していて、年数以上の古さを感じさせる。住居は昭和の半ばに建てられた平屋建てで、腰の高さまでタイル張りの玄関は曇りガラスの引き戸になっており、達也がここを初めて訪問したときにはすでに滑りが悪かった。高校生の久美がこの家から水戸まで一時間以上もかけて通学したと聞いたことがあったが、引き戸が勢いよく開けられ、制服を着用した彼女が飛び出す四十年前近くの姿を想像して思わず表情が緩んだ。

家に人の気配はなく、ひっそりとしている。家主の多津子が不在なのは当然だが、ここに暮らしているはずの久美も実は別のどこかに住んでいるのではと突発的に疑った。しかし、狭い庭に面した縁側のガラス戸に、新品のカーテンが引かれているのが見え、ここに暮らしているのは間違いなさそうであった。車から降り、門柱の呼び鈴を押したが故障して鳴らず、中に向かって声をかけても応答はなかった。日中のこの時間は、久美は多津子が暮らす老人ホームへ行っている可能性が高い。達也はそちらへ回ることに決めた。

多津子が入所する住宅型の老人ホームは、家から車で十五分ほどの距離にある。民家が間遠に並ぶ曲がりくねった道を進まなければならず、本数が少ないバス利用者には不便なところにあった。民間会社が経営し、部屋数が三十室にも満たない小規模な施設で、併せてデイサービスも行われていたが、多津子が求める高度な介護サービスは別会社に依頼する必要があるなど、母親の快適を願う久美にはとても満足できるものではなかった。入所する際、達也は久美に帯同したが、貧弱な施設に呆れて、他に良い施設はなかったのかと何気なく感想をもらした。久美は、施設選定の際、非協力だった人間にけなされたくないと応酬し、激しく腹を立てたほどだった。

車を停めて入り口に向かうと、施設名がプリントされたオレンジ色のTシャツを着た女性職員が洗濯を終えて、たくさんのタオルを干しているところだった。前に会ったことのある職員である。いつも元気で愛嬌のある顔立ちで、入所者たちの誰からも好かれていた。達也は挨拶代わりに自分の会社で取扱っている外国製の安い雑貨をこっそりプレゼントしたことがあり、以後も何度か言葉を交わしたと記憶している。そばに近づいて会釈をすると、職員は不審そうな表情をした。

「どうかしました？」

「久しぶりに母に会いにきました」

達也がそう言うと、ますます怪しんで彼を見つめた。

「根本さんならもういませんよ。三月によそに移りました」

「えっ？」

「知らなかったのですか？」

「ええ。長期にわたって日本を離れていたものですから」

達也はとっさに嘘をついた。海外の雑貨を買い付けるために日本を出国したあと、欧米諸国を回り、昨日帰国したばかりである。妻がスマートフォンの番号を変えたようで連絡もとれず困っていた。母親の介護のために帰省しているのかもしれないと考え、実家に行ってみたものの不在なので、こうして老人ホームに来たのだと説明した。職員はどこまで信用してくれたか分からないが、疑いの半分くらいは解消したらしく、本来の親しげな態度に戻った。

「根本さんは特別養護老人ホームに移られました」

「本当ですか。移ったのは丘の中腹にある施設でしょうか？」

「そうです」

「それはよかった。ようやく順番が回ってきたんだ」

「こちらの施設と比べると、あちらの方が設備やサービスが断然いいですものね」

職員は自分が勤務する建物をちらりと見やり、小声でそう言った。達也は礼を言って車に乗り込んだが、表情が硬かったのは曲がりくねった道を走行するのに慎重さを求められるせいばかりではなかった。半年近く、義母の転居について久美が黙っていたことに達也ははなはだ不満を覚えた。

これから向かう特別養護老人ホームへ、達也と久美は過去に足を運び、入所希望書を受け取るのを兼ねて、施設を一通り見学したことがあった。施設は市内の北西に位置する丘陵部の中腹にあり、その敷地は広く、建物は決して新しくはなかったが手入れが行き届き、清潔が保たれていた。社会福祉法人が経営して規模が大きく、入居者の定員は優に百名を超え、居室や廊下は車椅子の通行に支障をきたさないように広さを確保していた。機能回復訓練の器械などは種類が豊富で、壁には最近の行事の写真が展示されていた。職員は若手もベテランも揃っていて、てきぱきと働いていた。達也たちが廊下ですれ違うと、きまって明るく挨拶をしてきてくれた。見学を終えて、久美は母親をこの施設へぜひ入れたいと切望したが、待機者の数がこの施設の定員数と同じくらいと聞いてひどく落胆したものだった。

あのとき、久美たちは施設のマネージャーの面接を受けた。本人の症状や病歴をはじめ家族の有無、本人の性格、共同生活に適合性があるかなどを聞かれた。認知症の傾向があること、唯一の身内である久美が結婚して県外に居住していることなどを丹念に記録した。仮に入所した場合、すべてを施設任せにしてしまうのか、それともときおり顔を見せて本人の気持ちを和ませてくれるのか、確認された。久美が感電したかのように体を硬直させ、「毎週は無理だとしてもできるだけ頻繁に訪れたい」と回答すると、マネージャーは大きくうなずきペンを動かした。実際、その頃から久美は多津子に面会するために帰省する機会が増え、その間隔が短くなった。

義母の多津子が特別養護老人ホームへ入所できたのは予想外に早かったと言える。認知症の進行が顕著なためなのか、また茨城で一人暮らす境遇に配慮したためなのか達也には分からない。いずれにせよ、施設の転居を教えられなかったことに納得はできなかった。

九

正面が緩やかな弧を描く老人ホームの建物は、まるで個性的な私立学校の校舎を思わせるような洒落《しゃれ》たデザインで、高齢者施設にはとても見えない。達也が建物から離れた場所に車を駐車させて近づくと、玄関のそばに植えたソヨゴの葉が揺れ、その影が自動扉のガラスに映った。建物に入り扉が閉まると、思いのほか暗いのは辺りの照明が一様に消されているためであった。達也は公立小学校の昇降口にあるようなふたのない靴箱からビニールスリッパを取り出し、身を屈めて履き替えた。事務局の小窓を開けて声をかけると、事務室の片隅のコピー機の向こうから中年の女性職員が姿を現した。

「お世話になっている根本多津子の身内の者です。ご案内いただけますでしょうか」

「失礼ですが、どちら様ですか？」

「義理の息子で、河野達也と申します」

「ああ、久美さんのご主人ですか。久美さんなら、お見えになっていますよ」

「呼んでいただけますか」

と達也が願うと、事務員はどこかに内線電話をかけ、近くのベンチで待つように指示した。

久美がいると聞いて安堵した達也は、言われたとおりベンチに腰を落ち着けた。不思議なことに、特別養護老人ホームへの転居を教えられていなかったことへの怒りは収まり、今の心境であれば久美と普通に会話できるように思えた。

やがて居住棟の方から、生気のない久美がやってきた。面やつれし、鬢《びん》が乱れている。姿を見ていないのはわずか三週間だというのに、この変化に達也は内心驚かずにはいられなかった。義母の症状が急に悪化したのだろうかと考えを巡らした。久美はそばに来ても硬い表情を崩さなかった。

「ここだとよく分かったわね」

「あちこち回って、なんとかたどり着いた。君が転居を全然教えてくれなかったからね」

「あなたが忙しいから、悪いと思って」

それはちがうと達也は思った。知らせたくなかっただけだ。

「お義母さんはどんな感じ？」

「症状が進行して、ほとんど話はしない。でも、本人は口に出して言わないけれど、このホームへ来てよかったと思っているのでは」

「お義母さんに挨拶したいから案内してよ」

「どうせ顔を見せてもあなただと分からないから、会っても意味がない」

久美は思うままを口にしたが、事務局の小窓の向こうで様子をうかがっているはずの職員を意識して、しぶしぶ彼の要請に応じることになった。

久美の後について、達也は事務棟から居住棟へ向かった。途中でデイサービスが行われている区画を通りかかると、利用者の集団が介護職員の発声に合わせ、ぎこちなく手足を動かして体操をしているのを目にした。廊下の片隅に設置された七夕飾りに、願いを書いた短冊がいくつもぶら下がっている。それらを見ると、「長生きができますように」とか、「いつまでも健康でありますように」と、ささやかな、しかし切実な思いがさまざまな文字で記されていた。

居住棟がある向こうから、老婆が乗る車椅子を押した若いカップルが近づいて来て、すれ違いざまに久美と会釈を交わした。三人が去ってから、達也が知り合いかと久美に訊ねると、同時期に入所した年寄りで、孫夫婦が頻繁に訪ねて来ては散策に連れ出すということだった。久美はそれだけ言うと口を閉ざし、二人の間をしばし沈黙が支配した。

達也は耐えきれなくなり、神妙な面持ちで口を開いた。

「このホームに移ったことを知らなくて、本当にすまなかった。以前、この施設からピンクの封筒で郵便が届いたとき、君は状況確認の書類だと言った。だから僕は、お義母さんはまだ前のホームにいるものとばかり思っていた」

「あの郵便には、ここの費用の領収書が入っていただけ。あなたに知られたくなかったから、あのように言い逃れた」

「麻美は知っているのか？」

「ええ、もちろん。あの子には、ホームと契約する際に、いろいろ相談に乗ってもらった」

達也はそれを聞いて、深い吐息をついた。

「何もかも僕は仲間外れだ」

「あなたが家族のことに関心を持たず、自分がしたいように物事を進めているから、あてにしていないだけよ」

「みんなのことを考えているつもりだけど」

「身を入れて考えていないわ」

久美がきっぱり否定した。ちょうどそのとき、事務棟と居住棟をつなぐ連絡通路の出入り口に達した。そこは鉄の防火扉で区切られ、力を入れて扉を開けると、急に視界が広がって、窓ガラス越しに中庭が覗ける眩しい通路に出た。達也が中庭にちらっと目をやると、コンクリートで造られた人工池の周囲にアオハダやマンサクなどの木々が植えられ、その光景は見学した昔と少しも変わっていないように見えた。

達也は居住棟に入ると事務棟とは異なる世界に足を踏み入れたような気になった。時間が停止し、そこの住民の生命の進行も停まっているように錯覚するが、しかし仔細に眺めてみれば終わりが確実に歩み寄って来ているように感じた。達也は急に息苦しくなり救いを求めるように久美を見たが、そんなことに関知しない彼女は池に反射する光に顔を照らされながら、まるで終焉の淵をめがけてひたすら歩みを続けているような印象を受けた。

久美は突然、古い記憶がにわかによみがえったかのように、淡々と話し始めた。

「母がここに引っ越した三月はとても大変だった。バタバタしていたのに、それさえもあなたは気づいてくれなかった」

「悪かったよ」

「本音を言えば、転居のことをあなたに話して、助けてもらおうかと何度考えたかわからない」

「夫婦なのだから、遠慮なく言ってくれればよかったのに」

「特に大変だったのは、入所する前にこのホームから求められた母の健康診断だった」

久美は夫の反応を待たず、忙しかった三月の出来事を語った。

施設への入所許可の内定通知を二月末に受け取ったが、最終的な許可には医療機関のチェックが必要になった。この施設に隣接する病院で受診するのがよかろうと、三月初旬に居住するホームから介護タクシーを使って訪れた。車の昇降機から降ろされ、車椅子を押して玄関に向かう途中で、もう春なのにそれとは程遠い冷たい突風に見舞われた。母は言葉で表現できない赤ちゃんのように奇声を発した。久美は動きの不自由な母を抱き込んで風を防ぎ、「大丈夫だよ」としか言うことができず、どうしようもない哀しみに襲われ、その場にしゃがみ込んで泣くしかなかった。

ようやく診察室に着いて診察を受け、その後レントゲン室に向かった。すでに自立するだけの体力が残っていない母をどうやって撮影するのかと不安に思っていると、レントゲン技師から一畳ほどの撮影台に寝かすように事務的に命じられた。レントゲン技師の助けを借りて体の曲がった母を台の上になんとか抱え上げたが、撮影の間は嫌がって体を動かし暴れるのを、「ごめんね、すぐ終わるよ」となだめすかし、手で押さえつけてようやく終了にこぎつけたのだった。

達也はその話を聞いて、現場に居合わせなかった自分のふがいなさを今さらながら感じた。手を差し伸べ、妻の肩を抱いて慰めようとしたが、能面の相手は拒否するかのように腕を組んでいて、それを果たすことができなかった。

達也たちは居住棟に入った。ここの特別養護老人ホームはユニット式の施設となっているのが特徴で、入居者はトイレと洗面所が付いた個室で生活し、十室で一ユニットが組まれる。ユニットの中央が食堂を兼ねた共用部のリビングとなっており、そこに職員が常駐し、居住者の面倒をみている。食事は調理場で用意されるものの、備え付けのミニキッチンで冷めた汁物などを温め直すことができ、楽しみの少ない年寄りに食べる喜びを与えられると、達也は以前施設の担当者から説明を受けたことがあった。

達也と久美がリビングに入って行くと、前回見学に来たときと同じように、テレビの音が騒音といえるくらいの大音量で流れていた。耳が遠い居住者に配慮してそうしているのか、それとも日中居眠りして夜中に眠れなくなるのを防止するために故意に大きくしているのかは分からなかった。

昼食の時刻をとうに過ぎて、他の居住者は自室に引き揚げたらしく、リビングには男の入居者がひとりいるだけで、職員の介助を受けて遅い食事を摂っていた。眼球だけを動かして達也を一瞥《いちべつ》したがすぐに関心を失くし、再び食べることに専念した。居心地の悪い達也は義母が自室にいるのだと思い、目で部屋に行こうと久美に促したが、かぶりを振って断られた。

「母は部屋にはいない。お風呂に行っている」

「へえ、お風呂に自分で入れるのか」

「ストレッチャー浴といって、体をベルトで固定し、介助の人に体を洗ってもらうの」

やがて通路の向こうが賑やかになり、複数の職員に助けられて車椅子に乗った多津子が現れた。

達也は久しぶりの対面なので、挨拶しようと精一杯笑顔を作って近づき、身を屈めて多津子を覗き込むと、その変貌ぶりに驚き、にわかに腰が引けた。彼がよく知る義母ではない。

久美と結婚した当時、女手ひとつで娘を育てあげた多津子は、現役の小学校の教師を務め、鋭い眼光でしつけに厳しく、自らも峻厳な生活を送っていた。

車椅子の多津子は、外部に対して自ら交流の手段を遮断してしまったかのように表情が乏しかった。顔の輪郭はかろうじて保たれているものの、伸びきった眉毛の下のかつて均整のとれていた目は左右の大きさが異なり、まぶたが重く垂れ下がって、瞳に光を宿していなかった。手を抜かない仕事をする介護職員のおかげで入浴後の肌は赤みが差し清潔感が漂っていたが、すぼめているわけでもないのに口の周辺には皺がいくつも発生し、顎に張りがなく肉が喉まで垂れ下がっていた。じっと車椅子に座り、膝に置いたビーズクッションに腕が添えられ、かろうじて上半身が崩れるのを防いだ。その姿からは自発的な生は見当たらず、皆の協力のもとかろうじて生かされているという印象を達也は持たざるを得なかった。

「こんにちは」

と達也が声をかけたが、多津子はとりたてて反応はしなかった。そばにいる久美が口を多津子の耳に寄せて「達也さんが来てくれたよ」と伝えると一瞬きょとんとしたが、内容を理解できず、元のように上半身を丸めてじっとしていた。

「ほら、私の言ったとおり、母はあなたが誰だか分からない」

「話しかけていると徐々に思い出すのでは」

「あまり期待しないほうがいい。もしかすると思い出したくないかもしれない」

「娘婿として僕はそんなに嫌われていたのかな」

「本人に確認できないのが残念ね」

多津子が上半身を動かして付き添う職員に何らかを訴えた。職員は即座にその意味を解し、キッチンから湯冷ましを入れたストローカップを運んできた。多津子にカップを握らせ、落下を防止するためその手を包んだ。待ちかねた多津子は子どものように性急にストローをくわえると、音を立ててカップの中身を吸い上げた。それを見届けた職員が感想を漏らした。

「お風呂に入って、よほど喉が渇いていたのね。今日はベルトの固定を厭がらず、気持ちよさそうにお湯に浸かっていました」

「そうですか」と久美が喜ばしそうに反応し、言葉を続けた。「このままお風呂嫌いが直ってくれればいいのに」

「以前から、お風呂が嫌いだったわけではないでしょう？」

「ええ、清潔好きで毎日お風呂は欠かしませんでした。病気になった頃から、お湯がヌルヌルして気持ち悪いと言い始め、だんだんお風呂を敬遠するようになり、施設に入る前はとうとう拒むまでになりました」

「体の感覚がその時々で変化しますから。お湯に食器用洗剤でも混じっているような感覚になったのでしょうね」

「今後もお風呂は嫌ってほしくないです。母には、最期まで清潔で気持ちよく過ごしてもらいたいものですから」

「大丈夫ですよ。たとえお風呂に入れなくても、体を拭けばご本人は気持ちよくなりますから」

久美と職員が義母の身を案じてあれこれと会話を交わすのを聞いて、達也は強い悔悟の念に襲われた。婿として話に皆目参加できないのだ。思い返せばその原因は達也にあった。身持ちの悪さを自覚する彼は、眼光の鋭い多津子に際限ない沈黙の責めを突きつけられているように感じ、できるだけ接触を回避してきた。だから日常の多津子がどのようなものであるかを知らなかった。

それからほどなく、達也は老人ホームを辞することにした。三週間ぶりに会えた久美にもっと聞きたいことがあったが、病身の多津子の前では差し控えるほかはなかった。それでも館内の複雑な通路に迷わないように、事務棟の入り口まで見送るとの久美の申し出があったときは、達也はわずかな間でも二人だけで話せると、単純に喜んだ。上着を手にしてリビングを出ると、久美が多津子の車椅子を押してついてきた。

「風呂上がりで風邪をひくといけないから、お義母さんは自室に戻ってもらったほうがいいよ」

「大丈夫よ。お見舞いのお客さんが来ると、その場に私がいれば、お母さんと二人でお見送りすることにしている」

達也の期待はたちまち失望に姿を変えた。車椅子の移動に合わせゆっくり歩いたが、足取りが重いのはそのためばかりではなかった。仲直りの機会を失ったことが分かったからである。

事務棟との境の防火扉まで来ると、達也は向き直って久美に言った。

「それでは、ここで失礼する」

「今日はありがとう」

「うん」

達也は元気なく返事をすると、身を屈め多津子に「また来ます」と声をかけたが、当然理解しなかった。上半身を起こし、再度妻と向き合った。

「帰ってこないか。ゆっくり話がしたい」

「いまさら話し合っても意味がないと思う」

「僕の態度で、反省すべきところは改めるつもりだ」

「母がこんな状態だもの、戻るのは無理ね」

「そうか」

予想したとおりの返事に達也は落胆したが、まだ名残惜しくてすぐにその場を立ち去ることができなかった。それでも手を挙げて挨拶すると、久美もこれに呼応して手を振った。覚えのある指の長いほっそりとした手である。しかしそれを昔のように握りしめ、指を絡めることはできない。失意の達也がのろのろと歩きかけると、車椅子の多津子が表情をかすかに変化させ、ビーズクッションに置いた手をわずかに浮かせて、微細ながらも左右に動かし、手を振る仕草をした。達也はそれを目にして、自分が誰であるかを認識してくれたのかと憶測した。それとも習慣で見送りの客には誰にでもこんな別れ方をするのだろうか。自分が娘婿だと分かってくれたことに期待した。

十

達也は茨城へ行って、施設に入居する多津子を訪問し、久しぶりに久美に会えたことで、破局へ突き進む危機的な進行を一時的に止めることができたのではと考えた。家を出たとき夫を寄せつけない久美の剣呑な態度に大いに困惑したものだが、茨城で短い時間話しただけなのに、相手の気持ちが徐々にほぐれてきたのが感じられ、これからの方向に期待が持てた。

達也の生活は、茨城を訪問する前と変わらない、日常に戻った。

朝、ぎりぎりの時刻までベッドにとどまり、起床して手早く身支度をすると、慌ただしく家を出る。朝食は、出社途中のコンビニエンスストアでサンドイッチやおにぎりを調達した。事務所で一日中働き、夜になると街へ繰り出し、夕食を摂り、酒を飲む若い独身男たちと大差ない生活を送った。

最近、会社の事業は予想外に順調に運んで、業績はささやかながら回復傾向を辿っている。社員たちもそれを実感して、毎日の業務を意欲的に取り組んでいるのが達也の目には好ましく映った。

　達也の会社はいくつかの金融機関から事業資金の融資を受けていたが、ひところ資金繰りが苦しくなって、各金融機関の協力のもと事業の改善計画を策定し、毎月の返済額を一定期間軽減する措置を講じてもらっていた。計画実施の進展状況を四半期ごとに報告することが義務付けられており、そのため融資額が最も多く、再建の中心的な役割を果たす金融機関へ達也は足を運ばなければならなかった。軽減期間が終了して、返済を借入時に定めた期間内に終わらせるために、現在の毎月の返済は融資実行当初よりも多い金額を行い、金融取引を正常化させていたが、それでも定期的な報告を求められている。金融機関の担当者は、改善計画を導入した時期の前後はそこまで指摘しなくてもいいだろうと思うくらい口やかましかったことを達也は今でも覚えている。

　その日も達也は税理士事務所が作成した残高試算表などの書類を携えて、会社の取引口座がある銀行の支店を訪れた。面談ブースで、担当行員である大槻は提出された書類に目を通し、残高試算表等に記された数字の一つひとつを確認してはうなずき、おもむろに口を開いた。

「業績が見違えるくらいよくなりましたね。利益も計上されている」

「おかげさまで。新しく仕入れた商品が思いのほか好評で、小売店からの注文が絶えません。これが売上げ増に寄与しています」

「なるほど。前回の注意事項であった交際費も減っている」と行員は穏やかに応じた。

「それから新車購入の計画はどうしました？」

「あれはやめました。時期尚早だと思っています」

「そうですよね、それがいい」

と大槻はにこやかな顔を達也に向けた。

達也が乗る車は年数も経過したので、できれば高名なドイツ車に乗り換えたいと検討していたが、前回の報告の際うっかり口を滑らせ、大槻に猛反対された。「われわれ金融機関は、会社の苦しい状況を鑑みて協力しており、そのような事情を考慮して、判断してほしい」と諄々《じゅんじゅん》と諭されたのである。達也はやむなくそれに従うしかなかったが、そのときの悔しい思いが心の奥深くに残った。金融機関の言いなりでいたくない、という気持ちがいつまでも尾を引いた。

面談の終盤で、言いたいことが何かあるかと新たな意見を求められた達也は、金融機関から出向し、現在は病気で長期休暇中のもう一人の代表者の名前を口にした。大槻は一瞬表情を硬くした。

「ああ、ご迷惑をおかけしています」

「いつ頃復帰できますか？」

「さあ、あの人のことは私にも分かりかねます」

「困ります。私の決裁だけでは済まないのもある。私ひとりだけのほうがよほど迅速に事に当たれる。あの人がいても『費用はかけるな』とそれしか言わない。体調がよくないのなら、お帰りいただいてもよろしいのでは。役員出向そのものもやめてもらいたい」

「ご意見は本部に伝えておきます」

「遅くても、新年度までには今後どうするのかはっきりしてもらいたいものです」

達也はかすかに眉を吊り上げ、語気を少々強めて言うと、面談終了を宣言するかのように席を立った。大槻もそれにつられて立ち上がったが、言い忘れたことをにわかに思い出したとばかりに達也に問いかけた。

「河野さんは後継者のことはお考えですか？」

「後継者？　無礼な人だな。私はまだ六十歳にもなっていないし、七十歳を過ぎても働くつもりだ。後継者なんて考えたことはない」

「失礼しました」と大槻は謝ったが、そこに反省の色はうかがえなかった。「いざ交代が必要になったときに決まっていなくて大変あわてたりするものです。それに後継者が決定していても、十分力を発揮できるようになるまで、何年もかかると言われています。だから早めに準備されておくのがいいのです。後継者の選任については、当行もお手伝いしますよ」

「まだ必要ない」

憤慨して面談ブースを離れた達也は出入り口に向かっている間、大槻が後継者問題を切り出した理由を考えたが、皆目見当がつかなかった。会社の将来を漠然と案ずることはないではなかったが、代表者の交代は遠い先であり、娘の麻美が手を挙げてくれればこれに越したことはない。

達也はロビーに後継者育成セミナーの案内のポスターが掲示されているのを見つけ、単なる受講者の勧誘だったのかとようやく納得した。

達也の女性との関係は順調とまではいかないが、断続的に続いた。ホテルでのコンサートの夜以降会っていない西城祐子は、ラウンジピアニストとして相変わらずいくつかの仕事場を忙しく飛び廻っていた。あの日からしばらく、こちらから連絡してもなんの反応もなかったが、しばらくしてようやく電話には応じるようになった。

ある夜電話するとすぐにつながったが、祐子は聞いたことがないくらい陰気な声だった。達也が近況を訊ねると、口にするのも憂うつとばかりに調子の悪さを訴えた。最近の祐子はクラッシック音楽で生計を立てられないかと画策し、関東各地でミニコンサートを開催し、活動の場を広げつつあった。達也の記憶では、たしか栃木県でもコンサートを開催したはずである。達也は彼女の気持ちを引き立てるのに、そのことを質問した。

「当然萩原先生も応援してくれたのだろう?」

「とんでもない、コンサートは大失敗だった。応援するというのは口先だけで、何の貢献もしてくれなかった。本当にあの人は最低な男」

達也はそれを聞いて、ひそかに喜んだ。鼻っ柱の強さが取り柄の一介のピアニストが、医学界の大家と信じて疑わない地方の老獪な男にかなうわけがない。自省の念に欠ける祐子が、考えを曲げないで押し通そうとすれば、相手の心情に冷淡な萩原は、それを単なるわがままとみなして嫌気が差し、気晴らしにすぎない関係を強引に終わらせることも十分あり得た。マンション購入の件は今では半ば諦めたようで、金融機関との交渉がうまくいかない達也は非常に助かった。

現在、達也が最も関心を寄せるのは、葬儀会社の社員である蓮田であった。彼女と会い、その半生を聞いて興味を覚えた。

彼女は大学を卒業後、流通業界の会社に就職し、必死に一歩ずつキャリアを重ねた。プライベートでは、人並みに恋をし、破局して失意に苦しみ、愛を求め新しい恋に突き進み、三十三歳で結婚した。しかし、結婚生活は五年間で突然終止符を打った。

蓮田は離婚後実家に戻ったが居づらく、車で五分ほど離れた場所にアパートを借りて暮らし始めた。生活資金を稼ぐために仕事は欠かせなかったが、その内容はいずれも条件が悪く不安定なものであった。何度か転職を繰り返し、現在の葬儀会社に正社員として職を得たのである。

達也が蓮田と酒を飲むと、酔っぱらった彼女は口癖となっている言葉をわめいた。

「私はこのままで終わりたくない」

「どうしたいの?」

「言ったら、力を貸してくれる?」

達也は折を見て会う時間を作っては、叶えられる希望であれば実現して彼女の鬱憤を晴らすのに付き合った。「お酒が飲みたい」、「料理のおいしいお店に行きたい」という刹那的な願望には応じた。しかし、「葬儀会社を退職し、過去のキャリアを活かせる会社に転職したい」というような彼女の人生を左右しかねない問題については、達也が将来にわたって責任が果たせそうにないので、やんわり遠ざけた。そんな対応が、弱い立場の女性に付け込む卑怯な男だと他人から大いなる誹《そし》りを免れないことも承知している。失望した蓮田が去るのであればそれも致し方ない。達也が彼女に惹かれるのは、妻の久美にない健康的な若々しさを見出したからである。

いつものように、その日も達也は蓮田と酒を飲んだ。蓮田が酔ったのを見計らって、達也はさりげなく切り出した。

「こんど、二人で温泉に行こう」

「二人だけで?」と蓮田がとろんとした目つきで達也を見やった。「どうしようかな」

「もしかして君に子どもがいるの?」

「いたらどうする。私と遊ぶのは止める?」

蓮田はそう言うと酔いつぶれた。

「遊園地に連れて行って」

蓮田が子どものようにおねだりするので、達也は深く考えず要望に応えた。

達也は二人だけで楽しい時間を過ごすことを望んだが、残念なことに蓮田は三歳になる娘を連れてきた。

初めて顔を合わせると、蓮田の娘は母親よりはるかに年配の見知らぬ男に恐れをなし、母親の背後に抱きついて動かなかった。達也の運転する車に乗って目的地へ向かう間、母親が機嫌をとろうとしてあれこれ声をかけても、うなだれて首を縦か横にふるだけであった。到着して遊園地に入り、軽快な音楽が流れ、香ばしいポップコーンの匂いが漂う中、馴染みのキャラクターが近寄って来るのを見ると、心を開いた。達也が娘に「何に乗りたい？」と訊ねると、か細い声で「象さん」という返事をしてくれるまでになった。

娘が希望するまま、空飛ぶ象で空中遊泳に興じた、船を模した乗り物で人形の国々を巡った。蒸気機関車が牽引する車輛で、西部時代のアメリカを疾走した。蓮田が望んだお化け屋敷では、カートに乗車して各ブースを回ると、西洋の幽霊たちが次々と現れ、暗い館内のそこかしこで恐怖の叫び声が起こり、大人の蓮田までが悲鳴を上げるので、達也がそっと肩を抱くと蓮田はすんなりと頭を預けた。油のたっぷり浸み込んだチュロスを食べ、溶けて滴るソフトクリームを舐めて童心に帰った。

遊園地で遊ぶのは娘の麻美が小学校の低学年のときが最後であったから、達也はこのような行楽を心から楽しんだ。園内を見渡すと、彼と同じような中高年の男性は数が少なかった。まれに目にすると、ほとんどが孫を連れた家族連れで、付き合いで仕方なく来園した様子がありありと伝わってきた。達也が歩くと、気のせいかときどきすれ違う人々から奇異の眼差しを向けられたが、平然と見返してやり過ごした。帰路の思いがけないアクシデントを除いて愉快な一日であった。

達也には厄難としか言いようのない出来事が起きたのは、遊園地からの帰りに高速道路を降りて一般道を走行して間もないときだった。突如、背後からけたたましいサイレンが鳴り、続いて野太い男の声がオートバイのスピーカーから流れ、車を減速させて安全な場所に停車するよう命じられた。達也は舌打ちをしてそれに従った。居眠りしていた蓮田と娘は突然発せられたサイレン音に怯え、彼に救いを求めた。

「心配しなくていい。白バイの取締りだ」

達也がそう言うと、蓮田は緊張を解くと同時に侮蔑の表情を浮かべた。

警察官が白バイを達也の車の後方に停めると、こちらを焦らすようにゆっくり近づいてきた。達也は運転席の窓を開けた。

「法定速度を超過していました。分かりますよね」

「ええ」

「書類を作成しますから、免許証を持ってバイクのところへ来てください」

警察官はそう言うと、お土産の荷物があふれる車内を見回して誰がいるのか確認した。

達也はシートベルトを外して車外へ降り立つ際、蓮田に言い残した。

「ここでじっとしていて。早く終わらせるから」

「追い越して行く人たちに見られて恥ずかしい」

「しばらくの辛抱だ」

警察官は白バイのリアボックスから書類を取り出し、達也が渡した免許証を見ながら、必要事項を記入した。

「ここはインターチェンジを降りてすぐなので、不注意で速度超過してしまう人が多く、危険な場所です」

「遊びの帰りで疲れていて、ついうっかりしてしまいました。何キロオーバーでしたか?」

「三十キロを超えていました」

それを聞いて達也はうんざりした。近いうちに簡易裁判所へ出頭し、そこで判決を受けることになるが、罰金が課せられるばかりでなく、運転免許の停止が申し渡される。その停止解除に向けて講習を受講しなければならない。警察官が非情にも赤切符を達也に手渡した。

「速度超過が原因で事故を起こしたら、楽しかった思い出が台無しになります。交通ルールを遵守して、大切なご家族を守ってあげてください」

警察官は説くようにそう言うと、白バイに跨《また》がり走り去った。達也はその後ろ姿を眺めながら、「すでに十分台無しになっている」と呟いた。

十一

明日は午前から一日運転免許センターで免停講習があるので、達也は仕事が終わってもどこにも行く気になれず、夕飯の買い物もしないでまっすぐ家に帰った。マンションのエントランスを通り、集合ポストを覗いても中は空で、夕刊が投函されていないのを不審に思いながらエレベーターで上がった。

達也が自宅の玄関のドアを開けると、覚えのある女物の靴が土間にあり、久美が茨城から戻ったのだと分かった。脱いだ自分の靴を揃えず、スリッパを履くのももどかしく、リビングへ直行した。夕刊がテーブルに置かれてあったが、そこには妻の姿はなく、そこから見えるキッチンにもいない。洗面室の方から洗濯機が稼働する音が聞こえるので行ってみたが、無駄足であった。残るは彼女の仕事部屋であったが、何をしているのか分からないので、ドアをノックするのをためらった。するといきなりドアが開き、久美が現れた。

「あら、いたの」

久美はそう言うと達也の前を通り過ぎ、洗面室に向かった。ちょうど洗濯機の終了合図のメロディーが鳴った。洗濯物を乾燥機に移し替える物音がした。達也が先ほど洗面室を覗いた際に、ランドリーボックスにため込んだ彼の汚れ物は昨夜のままだったので、久美が自分のものだけを洗濯したことを理解した。

達也はまだ洗面室にいる久美に向かって声をかけた。

「急に戻ってきて何かあった？」

「私がいて不都合なことがあるの？」

「そうではない。君がいてくれるのは大歓迎だ」

「原稿の最終チェックのため、どうしても編集者さんと顔を合わせて相談する必要があって、茨城から出てきたのよ」

「そうなんだ」

意に反した久美の言葉に達也は落胆して言ったが、それが彼女にまで届くはずがなかった。

久美は洗面室から戻ってキッチンへ移動すると、電気ポットに水を注いでスイッチを押した。お茶を飲むのに食器棚から自分の湯飲みを取り出し、それをかざして達也も飲むかと動作だけで訊ね、彼も黙ったまま同意した。急須に茶葉を入れる。達也はダイニングテーブルの椅子へ座り、妻の様子を眺めながら質問した。

「お義母さんは変わりない？」

「ええ、楽しく過ごしているわ」

「君がそばにいなくていいの？」

「お気に入りの職員さんが何人かいて、その人たちがそばにいてくれれば大丈夫。私も安心してこちらに来ることができる」

達也は淹れてもらったばかりのお茶をひと口含んだが、予想外の味に吐き出しそうになった。てっきり普通のほうじ茶だと思ったのが、苦味の強い漢方茶であった。それを見ていた久美が苦笑し、「体にいいのよ」と冷やかした。

「夕飯はどうする？」

「私はもう済ませた」

「えっ？」と達也は驚いて声を上げ、すかさず訊ねた。「僕の分はあるの？」

「ないわ」

「がっかりだな。ここにいて、僕の分まで用意するということは考えなかった？」

「あなたのお世話はもうできないと以前に話したでしょう。食事もご自分で作るようにお願いしたはず」

「そうだったかな」

　達也はしらばくれて口を閉じた。

　湯飲みの中身を飲み干した久美は、達也にもう一杯飲むかと訊ねたが、彼が頭を振るので、急須に伸ばした手を引っ込めた。努めて微笑みながら、向かいの達也に話しかけた。

「お母さんを見舞ってくれたのに、あなただと分からなくてごめんなさいね」

「うん。でも別れ際に手を振ってくれたよ」

「本当？」

「お見舞いに来た人には誰にでも手を振って別れるのかな？」

「母は手が思うように動かない。そんなことはあり得ないよ」

「僕だと分かって特別にしてくれたのかな」

「まさか」

嬉しそうに話す達也に、久美はその真偽を疑い、首をかしげた。認知症の程度が進み、娘の呼びかけさえもおぼつかなくなっている母親が、気まぐれで来所した訪問客を娘婿と認識できるはずがない。反応を誤解する夫を気の毒に思った。

達也は冷蔵庫にストックしてあった冷凍食品で夕食を済ませた。仕事部屋にこもった久美は、トイレを除けば風呂に入りに姿を見せただけで、翻訳作業に没頭するべく元の場所に引っ込んだ。達也は短時間で食器を洗い終わると、リビングのソファに座ってテレビをつけたが興味が続かず、寝室に引き揚げた。

翌朝、達也はいつもより早く起きた。車を使わないで遠方にある免許センターへ行くには、バスと鉄道を乗り継いで行かなければならない。講習の開始時間に遅刻しないようにするのに、何時に出発すればよいのかすでに調べておいた。

テレビ画面の時刻を気にしながら佃煮などで粗末な朝食を摂っていると、久美が部屋から出てきた。すでにメイクを終えている。

「おはよう」

と達也がすかさず明るい声で呼びかけた。おはようと久美も返してきたが、その声は思いのほか低く、隠しようがないくらい不機嫌に聞こえ、達也にはどことなく娘の朝の様子を想起させ、意外な発見に笑みがこぼれた。

「ご飯は済ませた？」

「昨日買っておいたベーグルを部屋で食べた。私のことは気にしないで。好きなようにさせてもらっているから」

ソファに座る久美は、ノートサイズの手帳を開いて、内容を確認している。手帳を取り出したトートバッグは通勤向けよりもやや大ぶりのサイズで、かつて達也がプレゼントしたものであった。達也は期待を込めて訊ねた。

「いつまで泊まっていけるの？」

「用事を済ませて夕方には茨城へ帰るわ」

達也は期待をあっさり裏切られ悄然としたが、気を取り直し、残りのご飯を頬張った。出発時間が迫っていたので、食器を簡単にすすぐと水を張った洗い桶に沈め、寝室で身支度を始めた。

久美は達也がいつものように車ではなく駅までバスで行くと分かって、眉を寄せてあからさまに嫌がる表情を浮かべた。そうと知っていればもっと早く出発したのにと言いたげに悔やむ態度を示した。達也は、バスを利用することを事前に妻に教えれば、家を出る時刻をずらされることを予想していた。意図したとおり、夫婦揃っての外出となり、達也はにんまりとした。

「なぜ、車を使わないの？」

「実は免許停止なった」

「どうして？」

「速度違反で捕まった」

「若ぶってスピードを出すから、そんな目に遭うのよ。自分の年齢をよくお考えなさい」

あからさまになじっても達也が言い訳をしなかったので、久美は腑に落ちなかったようだが、予定したバスの時刻が迫っていることから、やむを得ず二人で玄関を出た。

マンションのエントランスの外に進むと、達也は降り注ぐ陽光を浴び、晴天の朝を心から喜んだ。夏の盛りを前にして、日差しはすでに強いものの、皮膚を焦がすような暑さではない。

二人は新婚時代に一時実家を離れて賃貸マンションで暮らした。当時、久美を伴って出勤した朝の風景を達也は思い出した。朝食や身支度に時間を取られ、毎朝せわしなく住まいを飛び出した。バスに乗り遅れまいと達也は気を焦らせ歩みを早めるが、パンプスの久美は小走りになっても追いつけない。達也は呆れて腕を引くが、結局乗り遅れることもたびたびであった。達也はひそやかに久美のほっそりした手を握る。滑らかな感触が肌を合わせた前夜の記憶をまざまざと呼び起こし、愛おしさから手を握り直した。……三十年近く前の思い出が達也を感傷的にしたが、もはやそれができないことにきわめて失望した。

敷地の植栽にホースで水やりをしていたマンション管理人の野口が二人の姿を認めると、すかさず声をかけてきた。

「奥様とお揃いでお出かけですか？」

「うん」

「暑いのに車を使わないのですね」

「夜に酒を飲む可能性もあるので」

「たしかに車はやめておいたほうがよろしい」

野口は好奇心が満たされて作業に戻った。達也が歩き出すと、久美も日傘を差して後を追った。二人が一緒のところを目撃されて、達也は非常に満足した。職業意識にどっぷり浸かった管理人から、久美の姿が長期間見えないので、絶えず好奇の目を向けられていたが、これでしばらくはその目から解放されるだろうと確信した。

大通りにあるバスの停留場まで五分ほどかかるが、途中に信号機が三カ所ほどあり、赤信号で足止めを食らえば、いとも簡単に所要時間は倍加される。時刻表に表示されたバスの本数は多く、少々の時間を待てば次のバスがじきに来るが、その先の鉄道の乗車時刻を考慮すると、一本でも早い時刻のバスに乗りたかった。

マンションの管理人と話した分だけ、予定時刻よりも遅れていた。達也は知らず知らず足早になり、先を急いだ。ときおり振り返っては久美が付いてきているか確かめ、距離が開きつつあるのを気にとめて、「急ごう」とか「時間がないよ」などと声をかけ、歩みを早めるように急かした。日傘の下の久美の表情は分からず、返事は発せられなかった。

三カ所目の信号機まで着き、横断歩道を渡ればバス停まで残りわずかな距離となった。

先着の歩行者はすでに横断歩道を渡り切り、押しボタン式の信号機は青信号が間もなく点滅をはじめる。達也は遅れている久美と無情な信号機を交互に何度も見た。道路の彼方からバスが近づく。

「バスが来たよ」

と達也が久美に向かって声を張り上げた。日傘の縁をかすかに上げたが、顔をこちらに向けず、急ぐ気配はなかった。

点滅する青信号が間もなく赤信号に変わろうとしたとき、達也はやむをえず車道へ飛び出して強引に道路を渡った。動き始めた反対車線の先頭車輛が、壮大なクラクションと共に車体を激しく上下させて停まった。達也は手を挙げて謝りながらなんとか渡り切った。

道路の向こうを見ると、久美がようやく横断歩道に着いたところで、信号が変わるのを待っている。日傘を心持ち上げ、無表情の顔をこちらに向けた。

ちょうどそこへバスの大きな車体が前を横切り、停留所に停まった。自動扉が開き、停留所にいた人たちが次々と乗り込む。人が途切れ、そこに残るのは達也しかいない。達也は迷った。

「速やかにご乗車ください」

自動扉脇の車外向けスピーカーから、運転手の催促のアナウンスが流れ、達也は仕方なくステップに足をかけ、バスに乗り込んだ。待たされた乗客たちが一斉に白い目で見てきた。バスの後部から彼方に目をやり、流れ去る風景のなかに久美の姿を探したが、見つけられるはずがなかった。

「僕らの仲はやはりダメなのか」

バスに二人揃って乗車できなかったことから、そんな思いが達也の胸をよぎった。夫婦の気まずい関係は永遠に修復できないような気がしてならなかった。

十二

免停講習は難なく修了した。講習の最後で実施された考査の成績が高得点であったことから、三十日間の予定だった免許停止は今日だけで済み、明日から再び運転が可能となった。安堵するところだが、達也は少しも心が弾まなかった。久美との今朝の気まずい別れが尾を引いていた。

予想外に疲れた達也は駅からタクシーを使い、自宅のあるマンションまで帰った。車寄せに先行する自動車が停まっていたので、やむを得ず手前で下車してエントランスに向かったが、途中で居住して久しい建物をなんとなく見上げた。時刻は八時近くで、各階の部屋のほとんどに灯りがともり、暗い窓は数えるほどであった。

六階の我が家の窓は暗いはずであった。感慨もなく見上げると、窓のカーテンが部屋の照明で内側からぼんやりと染まっていた。達也は階数を間違えたのかと思い数え直したが、まぎれもなく自分の部屋だと確認した。

「久美がいる」

達也はとっさにそう考えた。茨城に戻ったものと決めつけていたが、何かの理由があって、もう一泊することに変更したのだと理解した。理由は何であれ、久美がいてくれるのは非常に好ましいことであった。二人の仲を改善するのに、ともに時間を過ごし、心を通わせるのが最善の策だと考えた。

期待に胸を膨らませて玄関を開けたが、何の反応もなかった。昨日と同じように、久美は仕事部屋にいるのかと達也は想像した。玄関ホールから中へ進んで行くと、予期に反し久美は食卓の椅子に腰かけていた。ダウンライトの光を受け、彫刻の座像のような彼女は、動く気配が感じられなかった。重苦しい雰囲気を嫌って、達也から話しかけた。

「今朝は一緒のバスに乗れなくて残念だった」

「足を痛めていて、早く歩けなかった」

表情を変えるのを拒んでいるかのように、久美は素っ気なく返事をした。テーブルに置いたスマートフォンを先刻まで操作していたようだが、すでに画面は消えていた。

「今日は茨城に帰る予定ではなかったの？」

「帰るわ。確認したいことがあって、ここに寄った」

「僕に何か言いたいことでもあるようだね」

「ええ」

「着替えてくるから、少し待って」

「時間がないの。とにかくそこへ座ってちょうだい」

怒気を孕む押し殺した久美の声に気圧されて、達也は素直に従った。機嫌が悪いのがありありと伝わってきた。

「あなたは私に何か隠しごとがありませんか？」

「君が知らないこと、話していないことが、隠しごとになるのはかなわないな」

「はぐらかすのはやめて」

「何が言いたい」

と達也はできるだけ平静を努めて、ゆっくり言った。

久美は押し黙った。やがて彼女の目から涙があふれ、一筋になって頬を伝わった。泣き声を上げない。達也は無言の抗議に遭い、動揺した。

「あなたの女癖の悪さに、私はこれまでさんざん我慢してきた。いつかは目を覚ましてくれることを信じて。でもそれも限界だわ」と久美は声を詰まらせながら言った。「あなたは私と麻美を何年間も欺いてきた」

「何を言いたい」

「これを見て」

久美がスマートフォンを操作して、夫の前に突き出した。達也はそれを見て、たちまち蒼ざめた。

スマートフォンの画面には遊園地で楽しむ達也と蓮田が写っていた。二人の間には彼女の娘がソフトクリームを舐めている。人形の国を出た後、売店でソフトクリームを購入し、ベンチで休憩していたときの写真だと達也はすぐに分かった。

「偶然孫と遊園地に来ていた私の友だちがあなたたちを目撃してカメラに収めた。撮影した本人は私に知らせることを迷ったけれど、黙っていては私のためによくないと判断して、今日メールが送られてきた。あなたが女を囲って、隠し子までいたなんて許せない」

「誤解だ」と達也は反射的に叫んだ。「僕には隠し子なんていない」

「あなたの子でしょう。この女とはいつから関係があるの?」

「男と女の関係ではない。彼女とは取引先で知り合っただけだ。仕事でいろいろ世話になった。彼女はシングルマザーでお金に余裕がなく、子供を遊園地で好きなように遊ばせてやれないというから、お礼のつもりで招待した」

「そんな嘘を誰が信じるものですか」

久美はそう言うと、スマートフォンの画面を指で滑らせて、別の写真を表示させた。先ほどの写真の続きで、溶けたソフトクリームを達也が舐め上げているところであった。

「初老に近い男がよその子どものものを口にするなんてあり得ない。たとえ正真正銘の父親であっても、娘にそんなことをされたら、母親は気分がいいわけないわ。よくもこんなぶざまな姿を大勢の人の前で晒したものだわ。私は恥ずかしい」

「信用してくれ、断じて僕の子ではない」

達也の懸命な弁解も悲嘆に暮れる妻には通じなかった。久美は両手で顔を覆い、さめざめと泣いた。指の隙間から涙がこぼれる。達也はいっそのこと女との仲を認めてしまおうかとも考えたが、これまでの発言を翻すことになり、ますます夫の隠し子だと思い込むことが危惧され、息を殺すように押し黙った。

沈黙の時間がしばらく流れ、達也が重い空気にいよいよ耐えかねたとき、泣いて気持ちが落ち着いた久美が話し始めた。

「麻美が名古屋へ行き、あなたと私だけの生活になってから、二人の結婚の意味を考えるようになった」

「君のおかげで、これまで充実した結婚生活を過ごせたと思うよ」

「私はそう思わない。私がいろいろ悩み、どうすればよいのか不安げな視線をあなたに投げても、あなたは気づかずあらぬ方向ばかり見ていた。まれに私や麻美に視線を向けることがあっても、あなたの独りよがりからなされるものだった。あなたの視線の先にあるものは、自分が仕立て上げたい妻や娘の姿であり、それを強要しているようにしか感じられなかった。二人の視線の先が重なることはついぞなかった気がする。私たちの結婚は一体なんだったのか。結婚は失敗だったかもしれないと考えるようになった」

「そんなことはないよ。十分上手くやってきた」

「あなたも心のどこかで失敗だったと思うから、女に手を出し、子どもをもうけたりする」

「重ねて言うが、僕の子ではない」

語気を強めた達也の反論に、久美はせせら笑いを浮かべた。

「自分の子であろうが、そうでなかろうが、もうどうでもいいわ。私はあなたとの結婚を継続する意思はない」

「性急に結論を出すのはよくない。冷静になろう」

「もう決めたことよ。後で離婚届を送るから、署名して」

「そんなの応じたくない」

達也は胸を反らして、要求を拒んだ。久美は怯まず達也を見つめると、今度は食卓に視線を落としてしばらく考え込んだ。そしておもむろに口を開いた。

「一つ心配なのは、麻美が私たちを見て、結婚に疑問を感じているみたい」

「麻美の面前で、君と口争いをして醜態を見せたことはないはずだ」

「いい加減なあなたを見ていて、男の人に失望しているのかもしれない。男の人の考えや行動が理解できないと麻美は言っている。男の人と結婚し、努力しても二人の気持ちがバラバラのまま歳を取るなら、結婚はしたくないそうよ」

「結婚を過大に考えているのだろう。一緒に暮らせば何とかなるさ」

「そんなふうに言うから、ダメなの。何とかなると安易に構えているから、私たちのようになるの」

久美の手厳しい指摘に、達也は返す言葉が見つからなかった。

しばらくして、久美が壁の時計で時刻を確認すると、テーブルの下に置いてあったバッグをつかんだ。

「私は帰る」

「だいぶ遅いよ。この時刻だと、水戸から先に行く特急電車はもうないはずだ」

「もし電車がなかったら、駅近くのビジネスホテルにでも泊まるわ」

「君の部屋があるのだから、ここに泊まればいい」

「この家ではちっとも休めない。ビジネスホテルの狭いベッドのほうがよほど快適に眠ることができる」

久美が立ち上がろうとして椅子を引いたが、思いがけなく大きな音がした。その破壊的な音響は、達也の耳にいつまでも残った。

十三

スマートフォンが鳴ったので、パソコンを操作していた達也は手を止め、覚えのない番号を表示する画面に見入った。仕事の関係で見知らぬ人間から電話がかかってくることはあったが、多くは新しい取引先で、漠然と勘が働いて心の準備をしなくても出ることができる。ところが心当たりのないこの番号はなぜかそんな気配を微塵も感じさせなかった。達也は慎重に電話に出た。

「後藤と申します」

年若だが妙に落ち着いた男の声が達也の耳に届いた。苗字を聞くだけで嫌な予感がしたが、わざと分からないふりをした。

「どちらの後藤さん？」

「麻美さんと大学が一緒だった者です。一度お宅にお邪魔したことがあります。覚えていますか？」

「ああ、分かります」

達也は遠い記憶を辿って思い出したかのように返事をし、名前は覚えているもののその人物像はすっかり忘れているふうに装って、何かを企む相手を油断させてその出方を待った。

「お会いして話を聞いてほしいことがあります。お宅にお邪魔してよろしいでしょうか」

「この電話で聞いてもかまいませんよ」

「麻美さんにも関係のあることです」

「承知しました。それでは外で会いましょう」

相手もしたたかで達也の関心を引き出すが、その全容を明らかにするのを避けた。達也はやむなく誘いに応じたが、待ち合わせ場所を訊ねると、なんと達也がふだん利用する居酒屋であった。勝手知った場所なので、多少気持ちに余裕が生じ、面会をするのに抵抗がなくなった。

会う約束をした居酒屋は、会社の最寄り駅のそばにある。ここは達也と古参の社員がしばしば懇親で酒を酌み交わす場であるが、東京の下町のありふれた店を名古屋に住む後藤が指定してきたことに違和感を覚えた。

翌日、達也は約束した時刻よりも五分早く入店した。仕事を終えたサラリーマンたちでカウンターとテーブル席はほぼ満席で、後藤を探すとともにそれらの中に自分の会社の社員たちがいないかを確認した。これから若い男と個人的な事柄を話し合うのに、彼らの好奇でたぎった目を向けられたくなかった。

達也は大学生の後藤に一度きりしか会っていないので、彼の顔はおぼろげにしか覚えておらず、相手を見つけてすぐにそばへ近づく自信はない。どうやらカウンターとテーブル席にはいないようなので、奥の座敷席に向かった。そこは座卓が置かれた十八畳の大広間で、ここにも大勢の客がいた。座卓をつなげた一団が酒の勢いで騒いでいたので注視すると、会社の連中ではなくて安堵した。視線をずらすと、奥の方で一人の若い男が笑みを浮かべて立っていた。中背でほっそりした感じが、昔の印象と重なった。

「お待ちしていました。後藤です」

「この店をよく知っていたな」

「上京すると、ときどき利用しています。麻美さんから教えてもらいました」

到着したときに頼んだ中ジョッキのビールをすでに三分の二ほど飲んだ後藤は、室内の熱気でジョッキが汗をかくのを気にしながら、達也に飲み物は何にするか訊ねた。達也が後藤と同じものを頼むと、店員を呼びビールのほかに枝豆や冷ややっこ、刺身の盛り合わせを迷わず注文した。つまみはいずれも達也たちがこの店でよく口にするものである。仕事で上京した後藤がここに来店したところ偶然こちらと居合わせ、会社の社員たちが大騒ぎするのを薄笑いして眺めていたのではないかと達也はあらぬ想像をした。

達也は正面に座る後藤をあらためて見ると、まだ十分若いにもかかわらず世間の垢にまみれ、すでに汚れているような感じを受けた。紙に喩えると、製紙工場から出荷された紙はまばゆい白さを放つのに、空気の悪い場所に放置され、電灯の光に晒されると徐々に黄ばんでゆき、やがて反りを生じてしまうようなものであった。社会人であれば他人に好印象を与えようと、それなりの配慮をするものだが、脂じみた髪やワイシャツの袖口の黒ずみを、後藤はまったく気にしていないようだった。

その一方で、上着の左襟にあるフラワーホールをよく見ると、社章バッジの代わりに花形のラベルピンを差し込んでいて、彼が一般的なサラリーマンの範疇から外れているように達也には思えてならなかった。

飲み物がビールから冷酒へ進む中、二人はいろいろな話をした。当然のことながら、麻美についても話題になった。しかしそれは今日の面会の本題に入るものではなく、最近の麻美の動静を伝えるものであった。麻美は経営コンサルタントの助手として働くが、物怖じしない性格もあって、積極的に仕事をこなし、上司の信頼を勝ち得て早々に助手を離れてひとりで顧客に応対することになると語った。「頑張り屋の彼女を両親や親族に紹介できて自分も誇りに思う」とうれしそうに言った。達也は麻美が帰省した際にこぼした愚痴と内容が相違するので、歪曲して話す後藤の意図はなんなのか、不審に思った。

「それで麻美のことで心配な件があるというのはどういうことかな」

よもやま話が一段落したのを見計らい、達也は待っていたかのように本題に迫った。後藤はそれまでの饒舌が偽りであったかのように、急に顔を曇らせ低い声で話し始めた。

「麻美がこちらに来ていませんか」

「帰っていないよ」

「実は、麻美が無断でいなくなりました。どこにいるか分かりません。もう一週間になります」

「本当か！　姿を消した原因は何だ？」

「分かりません。会社はやむなく長期休暇の扱いにしていますが、そろそろ限界です。麻美から連絡がありませんか」

「ないね」

達也は吐き捨てるように言った。麻美が連絡するとしても、それは父親のほうではなく母親にする。達也は家庭の事情を話す気はなく、なおさらのこと後藤には明かしたりはしない。

「彼女は苦しい立場に立たされています。このままでは解雇されてしまいます」

「そうなるだろうね」

「僕らの結婚もダメになってしまう」

後藤のその言葉に達也は強い衝撃を覚え、つい荒々しい調子で問いかけた。

「麻美は君と結婚の約束をしたというのか」

「まだ正式とは言えませんが」

「麻美から聞いていないぞ」

「何の報告もありませんか？」

「ああ」

「本当ですか？」

後藤は目を見開き、細い眉を最大限に吊り上げ、大げさに驚いてみせた。口許から笑みがこぼれそうなのを達也は見逃さなかった。なぜこの男はこんな表情を浮かべられるのかと不思議に思っていると、何食わぬ顔で後藤が達也のコップに酒を注いできた。

「麻美は結婚の予定をまだ秘密にしておきたかったのですね。僕から聞いたことは黙っていてください」

「約束はしかねる」

「でも麻美はどこに行ったのだろうか。彼女から連絡があったら、僕に教えてください。それからお父さんからも名古屋に戻るように説得をお願いします」

「もし娘から連絡があったら、伝えておくよ。後藤君が必死に探しているって。だが結婚については麻美から何も聞いていないので、親としては何も言えない」

先ほどから独りよがりな後藤の言動に辟易していた達也は言下に断った。それより麻美を呼び捨てにする後藤に反感を覚え、本来なら怒鳴るところだったが、まがりなりにも麻美が勤務する会社の経営者の親族であるという認識から、娘に不利に働いてはならぬとの考えにより自制してしまった。そしてそんな考えに囚われる自分が無性に腹立たしかった。

達也はまずい酒をこれ以上飲む気になれず、強引に打ち切ることにした。突然のことに驚いた後藤は、何か落ち度があったのかと狼狽し、卓上のコップを誤って倒して酒をしこたまこぼした。会計をする段階になって自分が全額持つと言い張ったが、達也が年長を理由にすべて支払った。後藤は気を利かせてタクシーを呼び、達也を自宅まで送ると申し出たが、「酔いを醒ましながら帰る」と達也にきっぱり断られると、やむなく一人で乗車して帰って行った。

電車を利用し地元に戻った達也は、自宅まで駅から歩いて帰ることにした。酔いでひどく喉の渇きを覚えた。路上の自動販売機で購入したペットボトルの水をときおり飲んでは冷静になるように努め、自宅までの道すがら行方の分からない娘のことを考えた。

十日ほど前、突然久美が電話をよこした。久美は有無を言わせない強い調子で言った。

「麻美とはしばらく連絡をとらないで」

「何かあったのか?」

「たいしたことではない。当分の間、電話は繋がらないそうよ」

「何を考えているのだ。とても了解できるものでない」

「事情があって、麻美は電話には出られないらしい。本人が心配しないでと言っているから、娘を信じてあげて。あなたは勝手に動いて調べようとしないで」

達也は麻美になぜ連絡をとってはいけないのか釈然としなかった。娘の身辺に何かが起こっているようだが、それを確認したくても妻に行動を禁じられて歯がゆかった。とりとめない不安が達也を捉え、いつまでも続いていた。

ところが今晩、後藤から麻美が行方不明だと知らされ、娘の謎の行動について半ば合点がいった。何かしらの理由で、麻美が自らの明確な意志をもって後藤一族の前から姿をくらましたのだ。現在は、名古屋から遠く離れたどこかの土地で、ホテルにでも滞在して無事に過ごしているのではないかと想像した。いずれ時機を見てひょっこり親の前に姿を現すであろう。そう思うと、それまでの不安がみるみる減少していくのを感じた。

達也は麻美が行方をくらますのを久美からあらかじめ知らされたことに感謝した。何も知らないまま、居酒屋で後藤から教えられて、心配になってむやみに動き回り、その結果娘が捨て身で実行した計画を台無しにするところだった。小賢しい後藤が、今日会いに来たのは、父親に娘を探させようと意図したからだと推測した。居酒屋で後藤が薄笑いを浮かべたのは、達也がその術中にはまるのを楽しんでいたにちがいない。そうと分かった以上は、娘の身が心配になっても、ここは妻の指示に従ってこのまま大人しくしているのがよさそうだと判断した。

それにしても後藤が麻美と結婚する予定だというのはまずあり得ないと思うが、実際のところ二人はどんな関係なのだろうか。麻美は就職してから今日までの三年間名古屋にひとりで暮らし、後藤一族が築いた狭い社会の中で過ごしてきた。暮らしに困ったことがあっても、現地には誰も頼る人がおらず、そこをあの忌まわしい後藤に付け込まれたのだろうかと想像した。達也は自宅近くのバス停のところまでようやく辿り着いた。ペットボトルはとうに空になっていたが、沿道にゴミ箱がなくて捨てられず、ここまで手にしたままであった。捨てられる場所を探していると、道路の反対側に自販機専用のゴミ箱があるのを発見した。歩行者用の信号は赤だったが、夜間で車の往来が少なかったので、周囲を見回しながら急いで横断した。ゴミ箱は飲み干した缶などであふれていたが、達也はペットボトルを握りつぶすと、それをゴミ箱の投入口に無理矢理押し込んだ。

元に戻るのに達也が歩道の先端に立って青信号に変わるのを待っていると、一台のタクシーが通過し、後部座席に座った人物の横顔が瞬間見て取れ、わが目を疑った。暗くて判然としなかったが、薄汚れた感じが小一時間ほど前に会っていた後藤によく似ていたのだ。冷静に考えれば、車輛に記されたタクシー会社の名前が異なるので、別人物であることはほぼ間違いないのだが、後藤ではないかと思わずにはいられなかった。警戒せずにはいられないほど後藤の印象が悪かった。

マンションに着いてエントランスを進むと、人の動く気配がした。管理人の野口がせわ

しなく動き、集合ポストの小部屋や背の高いチャメドレアの鉢植えの陰を点検していると
ころだった。すでに管理人の勤務時間外なのに、なぜこんな時間まで働いているのだろう
と怪訝に思っていると、達也に気づいた彼の方から声をかけてきた。
「怪しい人間を見かけませんでしたか」
「不審者ですか？」
「ええ。さきほど居住者の方から敷地をうろついていると通報があったもので」
「見ませんでした。防犯カメラの映像は確認されたのですか」
「はい。それらしき人物が映っていたのですが、うつむいて顔がはっきりしません」
「どんな感じの人ですか？」
「体の大きくない男で、スーツを着ていました。襟に花形の社章が付いていたのですが、
鮮明な画像ではないので、よく分かりませんでした。どうも普通のサラリーマンには感じ
られなくて」
　達也は不審者を取り逃がして悔しがる管理人と別れて、無人のエレベーターに乗り込ん
だ。上昇する間、天井の隅に取り付けられた防犯カメラを見上げた。このマンションには
防犯カメラがいたるところに設置されているのが認識できるはずなのに、あえて敷地内を

うろつく不審者の心持ちが理解できなかった。

達也は、管理人室で映像を確認したわけではないが、上着の左襟に花形のラベルピンを付けた男なら一人知っている。そして横断歩道で目撃した車中の男は、酒を酌み交わして別れた後藤である可能性がかなり高まった。エントランス脇の植栽に紛れ、達也が戻って来るのを待ち伏せたが、住人に発見されてやむなくタクシーで引き揚げたのだと想像した。昨日電話があった際、後藤が望んだ自宅への訪問を断っておいて正解だったと達也は思った。


あくる日、達也のところに麻美宛で大型の段ボール箱が送られてきた。送り主は本人で、中身は衣類となっていた。送り状をみると、まぎれもなく娘の文字で記入されていた。もう連絡してもかまわないだろうと判断してスマートフォンに連絡を入れたが不通で、理由が分からないまま、娘の部屋に運んだ。

その日の深夜、達也はパジャマに着替えてそろそろ寝ようとした時刻に、突然娘が帰宅した。Tシャツとジーンズという普段着に近い服装で、まるで近所に散歩に出かけて帰ってきたような身なりであった。達也は多くのことを訊ねたかったが、暗く沈んだ表情を見た途端、それを諦めた。

　麻美は挨拶もせずにキッチンへ向かい、食卓の自分の椅子に座って、肩掛けのバッグから無糖の缶コーヒーを二本取り出した。バスで帰京する際、高速道路のサービスエリアで購入したが、走行中過ぎ去る路面を見てもの思いにふけっているうちに、飲むのを忘れてしまったという。一本を父親に差し出すと、もう一本の缶のタブをあけ、まるでしがらみを断ち切るかのように一気に飲み干して息をついた。達也は渡されたコーヒーを飲まないと、帰宅した事情を娘が何も話をしてくれなさそうなので、やむを得ずちびりちびりと口に含んだ。これで眠気は失せ、この後ベッドに入ってもすぐ眠れるか心配になった。達也の方から、毎日顔を合わせているかのように、できるだけ淡々と言った。

「荷物が届いている」

「受け取ってくれて、ありがとう」

「不要になった衣類をこちらへ送ってきたのか」

「ううん、ちがう。着替えの服。私は、男と社会から逃げてきたの。もう名古屋には行かない」

　達也は「逃げてきた」という強い言葉に半ば動揺したが、すぐに思い直して追認するかのように言った。

「そうか、……それでよかったかもしれない」

「わがままなことをして、怒らないの？」

「ああ、麻美が理由もなく、身勝手なことをする娘だとは思っていない。昨日後藤が、麻美が行方知れずだと言ってきたときは、よほどのことがあるのだろうと想像できた」

「ここに来たの？」

麻美の目は怯えを宿し、顔面が蒼白になった。

「麻美も行ったことのある、私の行きつけの居酒屋で会った。彼にあの店を教えたことがあるのか？」

「大学生のとき、グループで飲み会を開催するのに、それぞれ候補を出し合った。私はそういうお店は詳しくないから、知っているあの店の名前を挙げたの。たしかにその場に後藤がいたわ」

「彼もそんなことをよく覚えているな」

「私に関してなら、なんでも知っているし、よく記憶している。この家のことを含めて、こっそり調べているみたい」

それを聞いた達也は、娘をさらに怖がらせないためにも、昨夜後藤がマンションの敷地内をうろついたことはあえて話さなかった。肝腎なことをまだ確認していなかったので、神妙な顔をして訊ねた。

「後藤はお前と結婚すると言っていた。そのつもりだったのか」

「まさか。私の気持ちに関係なく、向こうの家族が、親戚も含めてそのつもりで、勝手に話を進めている。みんなで私をがんじがらめにしている。それが嫌で逃げ出してきた」

「あのような男は執念深いから、気をつけなければいけないな」

「追いかけられて困っているから、今までのスマートフォンは止めて、別の電話会社と契約した」

麻美は椅子に置いたバッグからスマートフォンを取り出し、新しい番号を達也に教えた。それを知る人間はまだ限られ、共通の友人経由で後藤に察知されたくないので、大学時代の友人にはまだ伝えていないという。達也は不穏な男に追いつめられた娘が不憫でならなかった。それが分かっていたら、昨夜力に訴えてでも後藤を懲らしめるべきだったと後悔した。

「これからどうする?」

「仙台で働くわ」

「どうして、そこなの？」

「知り合いの人が仙台でｗｅｂ関係の会社を経営している。そこで働かせてもらう」

「後藤の二の舞にならないといいが」

「社長は女の人だから安心して」

麻美が心配する父親を見て、力なく笑った。達也は大学生時代の娘を思い起こし、父親の過剰な愛情に困惑したときに見せる表情だと昔の記憶がよみがえった。これから世話になるのが武内薫という社長であることを初めて耳にし、彼女がどんな人物なのか知りたかった。しかし、次々と放つ質問で麻美を暗い表情にさせたくなかったので、あれこれ聞き出すのは諦めた。それよりも当座の所持金や新しい住居などが心配になって問いかけたが、それもまた娘の望まぬ気遣いであることを悟って口をつぐんだ。

話が一段落し、麻美はスマートフォンで時刻を確認すると、これから仙台に向かうと言って立ち上がった。交通機関はとっくに止まっているので達也が呆れ返っていると、「社長がマンションの近くまで迎えに来ている」と答えた。マンションを出て行く麻美を、達也はエントランスの外まで見送った。達也も世話になる武内へ挨拶するのに道路へ出ようとしたが、娘にきっぱりと断られた。

しばらくして角ばったデザインの小型のＳＵＶが、軽快に通り過ぎて行った。助手席に乗った麻美の横顔がちらりと見えたが、その表情は車内の暗いせいもあって冴えず、深夜に移動しなければならぬ境遇に達也の心は痛んだ。

達也は部屋に戻り、すぐにベッドに潜り込んだが、危惧していたとおり朝まで眠ることがかなわなかった。

十四

最愛の妻が別居を強行し、可愛い娘が無縁の土地で暮らすようになって、達也の気持ちは恒常的にすぐれなかった。加えて会社の業績が急降下し、社員たちが陰で将来を憂いていた。こんなときに限って不祥事が頻発する。営業部員が交通事故を起こし、その他にも些細な意見の食い違いで社員同士のつまらぬ諍いが生じたりした。それらの報告を受けた社長の達也までが冷静さを欠いて部下を怒鳴り散らし、社内の空気がさらに険悪なものになった。

達也は気分転換を図るために、近くのゴルフ練習場へ出かけることにした。ゴルフを始めた頃はスコアを上げたくて頻繁にゴルフクラブを握ったものだが、会社が不調になってからは一時の情熱が嘘のように失せ、ゴルフ場の芝生に立つこともほとんどなくなり、それに伴って練習場でボールを打ち込むこともなくなった。

敷地の入り口から見るかぎり、平日の練習場は客が少なかった。業務時間中に練習をすることに後ろめたさを覚える達也は、これなら人目をはばからずクラブを振れそうだと喜んだ。

駐車場に車を進めると、なるべく建物正面に近い場所に空きがないかとゆっくり走った。あいにく入り口周辺の駐車スペースはどれもふさがっていた。その中に、達也は覚えのある白いベンツの大型セダンが停まっているのを見つけ、慌てて引き返そうとしたがすでに遅く、車の持ち主にいち早く気づかれた。見知らぬ女を連れた戸田で、練習を終えて帰ろうとするところだった。今日のような気分がすぐれない日は特に会いたくない一人で、いつものように軽口の相手をさせられるのかと思うと、達也はひどく億劫に感じた。

達也は仕方なく車を降りると、にこやかな表情の戸田と挨拶を交わした。戸田は嬉しげに同伴の相手を紹介した。女は派手なゴルフウエアをまとい、爪に鮮やかなマニキュアをした指で巻き毛を触っていた。達也は一目で戸田の新しいガールフレンドだと分かった。職業は水商売で、戸田が「ゴルフを教えてやる」と言って連れ出したのではないかと当て推量した。女は立ち話が長くなるのを察知して、「煙草を吸いに喫煙所まで行ってくる」と言って立ち去った。

女がいなくなると、戸田は非難するような顔つきになって言った。

「最近ご無沙汰だな。かみさんの尻に敷かれ家でじっとしているのか」

「妻は母親の面倒を看るのに、実家に帰っている」

「遊ぶには好都合だ。また二人で新しい出会いを求めて、夜の世界に繰り出そうじゃないか」

戸田はすぐにいつものおどけた調子でそそのかしてきたが、達也は彼の期待するような調子のいい言動をとれなかった。

「会社が芳しくなくて、とても気力が出ない」

「しけたことを言うなよ。俺の病院は大借金を抱えている。患者が一割でも減ったら、たちまち首が回らなくなる。でも、あんな借金なんかどうにかなるさ」

「能天気でいられるのが羨ましい。何もかも苦しいよ」

達也は弱みを見せてはならぬ相手についい本音を吐いてしまった。今後、弱みにつけ込まれて、機会あるごとに揶揄されるのを覚悟しなければいけない。早速の攻撃に備えていると、意外にも戸田は真顔になって忠告した。

「かみさんは大事にしろよ。独身の身からすると、お前たち夫婦がときどき妬ましくなってくる。かみさんは人間ドックで診てもらっているか」

「最近は……していない」

「俺の病院でみてやるから、連れて来いよ」

達也と久美は人間ドックを毎年一緒に受診するのが以前の恒例であったが、ここ二、三年はスケジュールの都合がつかず、達也は単独で受けるようになった。いま思えば、その頃から久美は夫婦一緒の行動を忌み嫌っていたのかも知れぬ。その後久美がちゃんと人間ドックを受診したのか達也は正確に把握していなかった。別居直前のバルコニーでの食事ではあまり食べていないのにもかかわらず、服のウエスト部分が妙にきついとこぼしていたことを思い出し、にわかに妻の体調が心配になった。今さら達也が連絡してもろくに取り合ってはくれないだろうと歯がゆい想いをした。

戸田は素手でゴルフスイングの真似を二、三回すると、あらためて達也に向き直った。

「ところで、ピアノ弾きの女はへんてこりんな男とまだ付き合っているようだな」

「ピアノ弾きの女というのは、以前経済クラブで演奏していた人か？」

「そうだ。男の身分が昇格したらしく、並んで金融機関へ入って行くのを見たぜ。融資でも受けるのかな」

「なぜそんなことを俺に言う？」

「河野が女に関心があると思ったからだ」

「あるわけないよ」

「まあ、河野に関心があってもなくてもどっちでもいい。俺は非常に気にしているよ。ピアノ弾きはもちろん、相手の男の萩原にはなおさら関心がある。あいつは学会で何度も一緒になったが、とんでもない偽善者だ。『医者としてあなたの態度がよろしくない』と、学会の慰労パーティーのときみんなの前で俺を非難しやがった。許せない奴だ」

「そうだったのか」

達也は呆気にとられ、かろうじてそう答えた。西城祐子から最近連絡がないのを不思議に思っていたが、思わぬ方向に事態が進展していたので、達也の心は騒いだ。

麻美が仙台に旅立ってから一週間ほどして達也のもとに、「自宅に配送された荷物を受け取りに行く」との連絡があった。ただし娘が来るのではなく、現在の雇用主である武内薫が代わりに訪れるとの内容であった。達也が初対面では本人確認ができないと渋ると、時間を置かずメールで武内の写真が送られてきた。

スマートフォンの画像の武内は、仕事中の瞬間を撮られたもので、室内のどこかに視線が投げかけられ、カメラなど全く眼中になさそうであった。化粧の薄い顔にショートカットの髪がよく似合っていて、人に媚びて笑うのがあまり得意ではなさそうで、生真面目な性格がありありとこちらに伝わってきた。

当日、約束した時刻の五分ほど前にインターフォンが鳴った。

「武内です。荷物を取りに来ました」

「麻美から聞いています。いまロックを解除しますから入ってください」

「お願いします」

インターフォンの武内の声は抑揚がなく、どちらかというとぶっきらぼうな印象を受けた。

ロックを解除してからしばらくしても、武内はなかなか現れなかった。フロアを間違えたのかと気を揉んでいると、ようやく玄関のチャイムが鳴った。ドアを開けると、パンツスタイルの、女性としては大柄な人物が立っていた。

「遅かったね」

「すみません。管理人さんと話していたものだから」

「この前、不審者騒ぎがあって、外部の人間に神経質になっている。私を呼んでくれればよかったのに」

「事情を説明すると、分かってくれました。それでこんなものを貸してくれました」

と武内は言って、背後の台車を示した。

「荷物は名古屋から直接仙台に配送すれば、こんな手間をかけずに済んだのに」

「新しい居場所を知られるのを避けたかったのだと思います」

それを聞いて達也の顔が苦々しいものに変化した。

武内は麻美の部屋から荷物を搬出する作業に早速取りかかった。達也が手伝おうとすると、「学生時代にハンドボールに打ち込んだおかげで体力に自信があり、このくらいの力仕事は一人でやれる」と言って断られた。

達也は麻美と知り合ったきっかけを武内に訊ねた。五年ほど前、武内はコンピュータの専門学校で学んでいたが、大学生の麻美がスキルを身につけようと同じ学校に通い、そのときに交流が始まって、社会人になってからも続いていたと話した。武内は現在、仙台で起業したｗｅｂデザインの会社を経営している。麻美が人間関係や仕事のことでいろいろ悩むと、しばしば相談に乗っていたが、我慢が限界に達して名古屋を飛び出したいと悩んでいたので仙台に呼んだのだという。

「いろいろ面倒をかけるね」

「業務を進めるのに麻美さんは非常に役立っています」

「娘の住まいは安全なところにあるのだろうか」

「私と暮らしています」

「ご家族に迷惑ではないのか。失礼だが、結婚はされているのでしょう?」

「私は単身者です。今回は新しい家族ができたようなものです」

武内は荷物を台車に載せ終えると、車へ運ぶのに移動を始め、達也もそれに付き添った。

地上まで降りると、武内は来客用の駐車場ではなく、業者用の駐車スペースに向かった。

達也は車が先夜見かけたコンパクトなＳＵＶだと思い込んでいたが、そこにあったのは軽自動車のワゴン車で、高崎ナンバーのレンタカーだった。達也が不思議がっていると、いったん荷物を高崎まで運んで、そこから武内の車に載せ換え仙台に向かうのだということである。

「ずいぶん手間のかかることをするものだな」

「麻美さんの希望で、こうなりました。後藤に気づかれないためです。どこから情報がもれるか分かりませんから」

「私も気をつけるよ。お喋り好きな管理人もいるからな」

武内は休憩することもなく、高崎へ向けて出発した。


金融機関の店内は極端に騒がしくはなかったが、絶えず行員や客の話し声が聞こえて達也を苛立たせた。面談ブースの中で、達也が提出した会社の最新の財務資料を担当行員の大槻は丹念に読み込んでいたが、現況を把握するにつれ眉間の皺が深まり、最後のページまでくると無念そうに顔を上げた。

「業績が低下して困りましたね。原因はなんですか？」

「退職者が続出して、働き手が不足しています」

「それはいけませんね。何があったのですか？」

「古参の社員が待遇に不満を持って退職しました。彼が扇動して、仲間の何人かが辞めました」

「慎重な対応が求められますね」

「……ええ」

反応の鈍い達也の様子に大槻は首をかしげた。

「失礼ながら、お疲れのご様子ですが、どこかお体の具合でも悪いのですか」

「いいえ」

「気分転換に奥様と旅行にでも出かけたらどうです。英気を養って気持ちを新たにし、仕事に前向きになったらいかがでしょう」

せっかくのアドバイスに達也が何の反応もしなかったので、大槻は気まずそうにまた資料に目を落とすと、しばらく間を置き、おもむろに口を開いた。

「ひとつご提案があります。私ども金融機関の内部で以前から検討していたことなのですが、思い切って事業を譲渡されることをおすすめします」

「なんだって！」

突然の申し出に達也は我知らず大声を出したが、冷静な大槻は提案の理由を達也に説明した。それによると、人にいくつかの成長段階があるように、法人である企業にも成長過程がある。その企業の舵取りは、企業の成長過程にふさわしい資質の経営者に委ねるほうが、もとからの経営者や従業員、取引先ばかりでなくその顧客にとっても最善ではないのかと主張した。譲渡の交渉に入る前に、専門家の手による事業性や財務などの調査をして正当な評価を定める必要がある。

さらには譲渡に当たって、従来から取引のあった当行が責任をもって当たる。事業を買い受ける会社を探し、売買契約の仲介を銀行が行う。担当は本部にある専門部署が所掌しているが、実際に達也の会社と取引に携わってきた当支店が、現経営者の味方として参加する。譲渡後、元の経営者はビジネスの世界からリタイヤしてもいいし、新規ビジネスに着手するのもよい、との申し出であった。

「いかがです、検討してみませんか」

「そんなことは一度も考えたことがなかった。すぐには決められない」

「会社に価値がある状態で行うのがいいですよ。実は御社の事業に関心を寄せている会社があります」

「ほう、どこの会社だ」

「今の段階では言えません。関東の会社ではないと言っておきましょう」

達也は金融機関の支店に小一時間とどまり、担当行員との面談で不快な思いをし、建物の外へ出ても気分は晴れなかった。自社の営業車に乗り込み、会社に向けて走らせたが、いくつもの問題が頭から離れず、それを思うだけで疲れた。


銀行からの帰路、達也の営業車はスピード違反で検挙された道路の付近に差しかかった。蓮田とはすっかり縁が切れたが、近所まで来るとさすがに元気に暮らしているか気になった。知らないうちにハンドルを切り、彼女が住むアパートの方へ営業車を向けた。近くまで来ると駐車し、車内から建物を眺めやった。

達也は蓮田に会って話をしたいのではなく、彼女の平穏を確認したかったのである。時刻を考えればまだ勤務時間中で、休日でもないかぎり会える可能性はほとんどなかったが、こうして蓮田の暮らす街の様子に接するだけでも己の気持ちが救われるように思えた。五分経過しても彼女が現れなければ、ただちに会社に戻るつもりでいた。

思いがけないことに、蓮田と娘がアパートから出て来た。蓮田よりも頭一つ高い見知らぬ男が一緒である。年齢が蓮田と同じかもしくは年下に見える男は、がっしりした体つきで、短髪の頭がたくましい首に支えられ、精悍さを物語っていた。蓮田は話に夢中で何がおかしいのかおおげさに笑い、これにつられて男も笑顔になった。母親と男の間に入った娘が二人と手をつなぎ、ぴょんぴょんと跳ねたが、男は娘を抱きかかえて高くジャンプさせた。達也は車中からそれらを見ていて、似合いの家族に思えてならなかった。いつか久美に見せられた、遊園地での偽家族の画像よりもはるかにまともである。収まるべきところに収まって良かったと思い、営業車を出発させた。

食卓の椅子で居眠りをしていた達也は目覚めると、同じ体勢を取り続けていたこともあって、体のあちこちに痛みを感じた。食事で酒を飲んでいたのだが、いつの間にか眠ってしまったらしい。顔がほてり、まだ酔いが残っている。酒量はさほどでもないのに、以前と比べて酔いがまわるのが早くなったと自覚する。これが老いの兆しのひとつとでもいうのだろうか。家族や事業のことなど片時も忘れられない諸問題が、老いを意識する達也にさらなる疲弊をもたらし、寝覚めの動きを鈍くした。

テーブルの上にはビールや焼酎の空き缶、スーパーマーケットで購入した総菜の食べ残しが散乱していた。揚げ物が手つかずのままプラスチックの容器に残っている。壁の時計を見ると、時刻はすでに午前一時を過ぎている。

達也はやっとの思いで立ち上がり、ふらつく体で流し台の照明を点け、その他はすべて消して周辺を暗くしてから、食後の片付けに取りかかった。

テーブルにある食品のうち、保存できるものは容器に入れ替え、あるいはラップをかけて冷蔵庫にしまい、空き缶は簡単に水ですすぐと専用のゴミ箱へ投じた。可燃ゴミはかさばらないようにできるだけ小さく畳んで捨てた。汚れた食器類を流し台へ運んだが、量が少ないので造りつけの食洗器は使用せず、スポンジで手洗いした。酔いで手元がおろそかになって洗剤の泡が床に飛び、身を屈めてそれを拭うと、今度は手についていた泡が落ちてそれも拭わなければならなかった。達也は身を起こすと、食器棚のガラス扉に背を丸めた人影がうっすらと映っているのが目に触れ、一瞬心が凍りついた。あらためて見るまでもなく、うらぶれた我が身であった。

達也は家族と暮らしていた頃、酒に酔って同様に寝込んだことが何度もあった。テーブルに突っ伏していると、久美が上着をかけてくれた。麻美はキッチンに飲みものを取りに来て、冷蔵庫のドアをわざと大きな音を立てて閉め、達也の目を覚まさせた。体が冷え、痛みで起きた今夜とそれらの夜とは大きなちがいを痛感した。

達也は久美と麻美が今頃どうしているか思い巡らせた。頑張り屋の久美は、翻訳の締め切りに追われて、この時刻でも作業を続けているかもしれない。麻美は新しい仕事に精を出し、疲れ切って眠っているだろう。武内との共同生活は上手くいっているか気がかりであった。久美と麻美の二人の笑顔が無性に懐かしく、その声を聞きたくなっている自分を認めざるを得なかった。

新聞を配達するオートバイの排気音が、下の道から響いてきた。食器洗いをようやく終えた達也は、風呂には入らず、明朝シャワーを浴びることにして、寝室に向かった。

十五

「社長さんが来るなんて珍しいこともあるものだ」

達也の顔を見るなり、生活雑貨の店主は懐かしげにそう声を張り上げた。

「河野さんが前回ここへ来たのはいつだった？」

「ゴールデンウイークが始まる前の頃だ。配送ミスを謝りに来たのが最後だ」

「今回も配送ミスがあったの？」

「ちがうよ。今日は単純に商品を配送しにきた。人手が足りなくて代わりにうかがった」

達也はわざと無愛想に言い、着用するジャンパーの胸の部分に記された会社のネームを指で差し、業務の一従事者であることを強調した。取引歴が長く得意先である若宮の店には、対応が安心して任せられる中堅の社員をこれまで担当させていたが、その社員は社内の不安定な情勢に嫌気がさしてあっさり退職し、会社の立て直しに苦しむ達也を大いに落胆させた。代わりを他の社員を担当にしようとしたが、誰もが多くの取引先を抱えて手一杯で、やむなく達也が自ら商品を届けに数社をまわっていたのである。

若宮は事情を聞いて達也に同情し、最近の若い従業員に共通する特徴の一つに「根気のなさ」を挙げた。横柄な接客態度やいい加減な仕事への取り組みを注意すると、あからさまに不機嫌になり、中には簡単に辞めてしまう者までいる。この頃はその傾向が中堅クラスまで広がって困っている。そのため、どんな年下の社員にでも丁寧に接して、気持ちを逸《そ》らさないように心掛けていると語った。

「あなたの会社も同じような状況に陥っているのでは。知らないうちに、河野さんが高圧的になっているのかもしれない」

「態度はこれまでと変えていないつもりだ。社員が続けざまに辞めるのは他に理由があるのかもしれない。もしかすると、誰かが背後で操っていることも考えられる」

「そんなことはないだろう」と言って若宮は笑ったが、ふと思い出して話を変えた。

「そういえば最近聞いたことのない会社の若造がこの辺をうろついていてね。取引を迫られて参った。河野さんは大阪の五峰商事というのは知っている？」

「知らない。それはなんの会社？」

「大阪で事務用品の卸売りをしているそうだが、今度、生活雑貨の事業を始めることになり、あわせて関東圏へ進出するのを機会に、この辺りを回って取引先を開拓しているそうだ」

達也にとっては初めて聞く話であった。それが事実ならば、どのくらいの規模なのか見当もつかないが、商売上新たな脅威が出現したことになり、その動きに注意が必要となる。

「三村さんのところにも行ったらしい」

「だってあそこはほとんど商売をしていないだろう」

「爺さんが外出していて、婆さんしかいないことをいいことに、家まで上がり込もうとしたので、気味悪がって警察を呼んだ。ちょっとした騒ぎになったそうだ」

三村は達也の祖父の代から取引を開始し、高齢になってからは店舗を閉め、古くからの知り合いを相手に細々と商売を続けていた。達也は、五峰商事という会社が、利益に結びつかないそんな零細な事業者まで触手を伸ばす理由を理解できなかった。

達也が若宮の事務所で話を続けていると、スマートフォンが鳴り出し、会社からの呼び出しだと思って確認すると、思いがけなく仙台で暮らす麻美からだった。

「お父さん、ママから連絡があって……、おばあちゃんが亡くなった」

「いつ？」

「一時間ほど前」

麻美の涙声が電話を通して伝わってきた。達也は夏に多津子を見舞った当時のことをまざまざと思い出した。態度にこそ表さなかったものの、多津子は入所前まで久美との結婚を好意的にはとらえていなかった。しかし、特別養護老人ホームで最期を迎えるにあたり、会話は成立しなくても、帰り際に達也に手を振ってくれたことで、不実な自分を許してくれたように思われた。喉が渇きストローカップで白湯を飲んで、にっこりと笑った多津子の顔がまぶたの裏に焼きついている。衰えがかなり進んでいただけに、いつかは死が訪れるとは考えていたが、まさかこんなに早くなるとは思わなかった。立ち会った妻は非常にショックを受けているにちがいない。

「久美は大丈夫だろうか？」

「急だったらしくひどく落ち込んでいた」

「葬儀の準備は一人では大変だから、早く行って手伝ってあげないと」

「お父さんはいつ頃行ける？」

「仕事を引き継ぐ必要があるから、夕方の出発になってしまう」

「私たちはじきに茨城の家に向かうわ」

「武内さんも一緒なのか」

「うん。車の運転は薫さんのほうが確かだから」

達也は通話を終えてスマートフォンをポケットにしまったが、身内のように武内を参列させる麻美の対応が引っ掛かった。通夜や告別式の席で所在なくしている武内の姿を想像し、彼女を目にした周囲の人間から「あの人は誰？」と尋ねられたら、何と答えたらいいのか。

達也は若宮に会社に急用が生じたので戻ることにすると伝え、慌ただしく営業車に乗り込んだ。

達也は仕事の引き継ぎを終えると急いで茨城に向かったが、それでも亡き多津子の家に到着したのは夜の九時をまわっていた。家の窓々には明かりがともり、一見すると暗闇の中に出現した華やかな場所にいるような錯覚に襲われた。だが、すぐにそれは打ち消され、静まり返った家を前にして、厳粛な気持ちに駆られた。達也はゆるめたネクタイを締め直し、先に進んだ。

玄関に入ると、エプロンを身につけた麻美が顔を出し、言葉少なに達也を和室に案内した。部屋の中央に多津子の遺体が安置され、そばに久美が端座していた。照明の光のせいもあって、蒼白の顔面は痛々しいほどやつれ、激動の一日を物語っていた。達也はお悔やみの言葉を述べ、線香をあげて手を合わせた。久美が多津子の顔を見るよう促してくれたので、膝をついて枕元へ進むと、故人の顔を覆った白布を久美が取り上げた。

死化粧を施された多津子の表情は思いのほか穏やかで、病気による生前の苦しみを微塵も感じさせなかった。重く垂れ下がった瞼や口許のたくさんの皺は化粧できれいに隠され、「お義母さん」と達也が呼びかけると、今にも目を開き、動きだしそうな気配が漂っていた。達也は故人に深く一礼し、あらためて合掌してから、静かに下がった。

様子を見守っていた久美に、達也は声をかけた。

「七月にお邪魔したときは元気そうだったのに、訃報を聞いて驚いた。せっかく特別養護老人ホームの生活に馴れ親しんでいたのに、短い期間で残念だ。でも君や親しい職員さんに看取られて、お義母さんも安心して逝けただろう」

「誤嚥性肺炎にかかって、急に体調を崩し、それでやむを得ず病院へ転院したの。でも、体力がなくなって、もたなかった」

「お義母さんは特養で看取ってもらう予定だったのでは？」

「肺炎で苦しむ母を見て、気持ちが変わった。でも、病院では満足する治療はなかったので、転院したのが果たしてよかったのか、今になってはわからない」

「お義母さんによかれと思っての選択なんだから、そう悔やむべきでない」

「私もそう考えたいわ」

久美は安置した遺体を見やりながら、達也の言葉にうなずいた。

食卓のある隣室から、麻美と武内、それから男女二人の話し声が達也の耳に届いた。顔を出して、声の主を確認したい欲求が募ったが、久美の手前控えていた。それでも耳を傾けていると、明日以降の会葬の段取りや返礼品について協議しており、話の内容から察すると、相手はどうやら葬儀会社の社員だと理解した。社員の質問に対して、主に武内が受け答えをして、協議を進めていた。葬儀の経験のない麻美はほとんど出番がなく、候補をいくつか絞り、最終決定をする役割を負っていた。

「葬式の段取りを若い二人に任せて大丈夫かな。特に武内さんはお母さんのことは何も知らないのに。君だってこれまで彼女とは面識がないのに、そこまで信頼していいのかな」

「麻美が仙台へ行ってしばらく経ってから、彼女を伴ってここへ来たことがある。だから薫さんと顔を合わせるのは、今回で二回目になる」

と久美は全く気にかけていなかった。

「ふるまいがまるで家族のようだな」

「もう家族よ。麻美はひとりっ子だったから、これまでずいぶん淋しい思いをしてきた。『親には話せないことを気軽に相談できるお姉さんのような人が欲しい』とよく言っていた。だから薫さんがそばにいてくれて、麻美の心はみるみる安定してきた」

「姉妹というよりも、まるでいちゃつくカップルのようだ」

「それでもいい。お互いに信頼している度合いは、夫婦の私たちよりも格段に上よ」

久美は懐疑的な達也を諭すように言った。

葬儀が営まれる根本家の菩提寺は、漁港を臨む小高い丘の上にあった。久美の要望もあり、達也は日中に住職への挨拶と通夜の準備の確認を兼ねて寺を訪問することにした。

丘の麓にある寺の一般駐車場で達也は車を降り、高所に聳《そび》えるクスノキの先端を仰ぎ見ると、折れ曲がる急勾配の石段を手すりにつかまってゆっくり上がった。息を切らして最後の段を昇りきると、にわかに視野が広がって、境内の奥に反り屋根の本堂とその向拝《こうはい》に下げた五色の幕が目に入り、達也の気持ちを引き締めた。

境内を歩くと、さきほど石段の下で先端を目にしたクスノキの根元近くの幹に注連縄《しめなわ》が巻かれ、樹齢が二百年を超える立派なご神木であることが判明した。そのクスノキを回り込み、右手にある庫裏《くり》を訪れて中へ声をかけた。寺の関係者がすぐに出て来て、建物内で用事を済ませた。

庫裏を出ると、達也は束の間でも散策してみたくなり、境内のあちこちをそぞろ歩きをした。敷地の片隅で二人の男がテントを組み立てている最中で、そのうちの一人が昨夜打ち合わせに来た葬儀会社の男だったので声をかけると、相手も会釈を返した。そばに段ボール箱が数個積まれてあって、箱に印刷された文字から葬儀の返礼品だと見て取れた。

「品物はこれで全部？」

「そうです。昨夜の打ち合わせで発注された数です」

「故人は退職してずいぶん年数が経っているからと参列者を少なく見積もったが、もしかしたら判断は間違いだったかもしれない。参列者が予定より多かったら困るな」

「大丈夫ですよ。その場合はすぐ会社へ引き返し、不足分を持ってきます」

葬儀会社の男は、心配性の達也を安心させるように笑った。

寺の鐘楼《しょうろう》は、海側に面した境内の突端に設けられ、礎石《そせき》の上に四本の柱と屋根しかなく、簡素な造りであった。そんな鐘楼に吊り下げられた梵鐘には、太平洋戦争の際に物資不足で供出されたが、幸運にも溶解されず、戦後しばらく経ってから寺に戻ったという歴史があるのを、達也は近くの立て札で知った。

達也は鐘楼のそばに立って遠方を眺めると、穏やかな太平洋が広がり、気持ちが解放された。視線を陸地に近づけてみれば、港の岸壁に漁から戻った船が数隻係留されている。すでに水揚げも終わったらしく、近くの魚市場には人影も乏しく閑散としていたが、海に関わって実直に生きる人々の暮らしぶりを想起させた。そんな風景に接すると、猥雑な都会で暮らす達也には、自分の生活が卑小なものに思えてならなかった。不意に海からの風が丘の地肌を駆け上がって達也に吹きつけた。さらに境内の奥へ通り抜けて、設営を終えたばかりのテントが風を孕《はら》んでバタバタと音を立てるのが聞こえた。

夜になって、通夜が始まる時刻が迫った。喪主の久美とともに達也と麻美は本堂に上がったが、武内は本人の申し出もあって、テントで受付業務を担当することになった。境内のところどころに設置された篝籠《かがりかご》に赤松の薪がくべられ、パチパチと燃えて長く伸びた篝火《かがりび》の炎が境内を歩く人の足元を照らした。

通夜の焼香にはそれなりの人数は来るかもしれないが、本堂に上がって最後までいるのは遺族と町内の世話役程度の寂しいものになるのではないかと達也は考えていた。しかし時間が経つにつれ人々が続々と集まり、本堂の外陣を隙間なく埋めるのを目にして、意外な想いを新たにした。耳を澄ませば、あちらこちらから「多津子先生」と名前を口にするのが聞こえた。彼らをよく見ると、男女とも久美と同年齢くらいの容貌の者が多く、亡くなったことを悲しみ、生前の活躍を称えて故人を偲んでいるので、おそらく義母の教え子たちではないかと推測した。久美が上京したあとも、地元で一人暮らす多津子は、慕ってくれる彼らと温情のある交流を最期まで続けていたにちがいない。達也はこれまでの義母との接し方を後悔した。煩わしさから、彼の方から勝手にその道を閉じていたのだ。本尊のそばに置かれた、静かな笑みを浮かべる遺影をあらためて眺めた。

読経が執り行われ、焼香が始まっても人は絶えず、受付は思いがけなく混んでいた。返礼品が不足しているのは明白だが、慌てて達也たちに相談しに来ないところをみると、事前に説明したとおり武内は自ら判断して追加発注しているものと確信した。

住職が経を唱えている最中に、風が出てきたテントの方を達也が窺うと、人だかりができていたが、明らかに通常と異なる混み方をして、騒がしくもあった。達也は即座に立ち上がり、沓脱《くつぬぎ》にあったサンダルをつっかけ、テントへと急いだ。到着した達也が目にしたのは、人だかりの中心にいる後藤と、これに対峙する受付の武内であった。

「麻美に会わせろ」

「ダメです。お断りします」

後藤が高圧的な言動で詰め寄ったが、武内は微動だにせず相手の要求を跳ね返した。達也にはそれがハンドボールのゴールキーパーのようにたくましく見えた。

「なぜここへ来た」

と達也が後藤に問い質した。

「麻美のおばあさんが死んだと聞いて駆けつけた」

「それはかたじけない。焼香が済んだら帰ってほしい」

「遠路はるばるここまで来たんだ。麻美に会わせてくれてもいいだろう」

「麻美はもう会いたくないそうだ」

「本人の口から直接聞きたい」

「断る。もう二度と近づくな」

達也は後藤をにらみ、すごんで見せたが、相手には何の効果もなかった。

「偉そうに父親面するなよ。いろいろ女遊びをして、さんざん家族を泣かせてきたくせに。あげくの果て、女房からは離婚を突きつけられそうだし、娘は寄りつかない。ぶざまな姿を晒して、みっともない」

「ぶざまな父親の大事な娘だからこそ、よけいクズ野郎には近づいてもらいたくない」

「相手が女だったらいいのか」

「なんだと！」

頭に血がのぼって達也が迫ろうとしたとき、なぜか後藤がいきなり悲鳴をあげた。風で篝火から舞い上がった火の粉が空中を漂って、偶然後藤のうなじの辺りを直撃したのである。後藤はうなじに手を添えたまま、吠えるように言った。

「覚えていろ、どうなっても知らないからな」

参列者が注目するなか、後藤は石段をめがけて一目散に駆け出して行った。勢いあまって階段を転げ落ちないかと達也はかすかに心配した。

十六

義母の葬儀が終わると、達也は翌日には仕事に戻った。幹部社員を招集し、業績を回復させるための打ち合わせを何度も行ったが、社員の間にかなりの不満が蓄積し、それが不振の原因のひとつになっていることが判明した。特にオーナー社長である達也に対して不満の度合いが強く、退任すべきとの強硬意見も若手社員からは飛び出していると聞くに及んで、いっそうの危機感を覚えた。しっかりした打開策を講じなければ、会社が空中分解してしまう恐れがある。銀行員の大槻から進言された事業譲渡の件が、達也の頭をかすめた。

一週間ほどして、久美から連絡があった。葬儀の事後、何人かに香典返しをする必要が生じたが、久美はいろいろなことで忙殺され、今日まで実施できなかった。そこで代わりを麻美に頼んだが、初めてのことで麻美が問題なく対応できるか心配になり、達也に同行を依頼してきたのである。久美との縁がこれからますます弱まるのを懸念していた達也は、麻美と話ができることもあって快く引き受けた。

日本橋のデパートで娘は早々に香典返しを選んだが、すでに昼近くなので達也が食事に誘うと、麻美は体にやさしい食べ物がいいと言って、館内の和食レストランを選んだ。そこは、達也と久美がデパートで買い物をした際によく利用した店だった。さらに偶然にも娘が妻のお気に入りの料理を選んだので、達也は我にもなく深い感慨にふけった。

「ママと来たことを思い出しているのでしょう」

と、麻美が父親を一瞥して鋭く指摘した。

「うん、久美とよく来たので、この店が懐かしい。でもそんな機会はもうないのかな」

「どうかな」

「お義母さんが亡くなって、久美が離婚を取りやめてくれたらいいのだが」

「ママが考えを変えるか私には分からない」

麻美はそう言うと、お吸い物の椀に口をつけた。達也は食べるのを中断して、店内のあちこちを眺めた。

食事を終えてお茶を飲む段階になって、達也は気になることを訊ねた。

「新しい仕事は順調に進んでいるのか。薫さんとはうまくやっている？」

「今は顧客開拓でいろいろな会社を何度も訪問しているけれど、相手にようやく顔を覚えてもらえるようになった」

「毎日が充実している？」

「うん。薫と暮らしていて、後藤の心配をしなくてもいいと思うと、ずいぶん気が楽だわ」

麻美は屈託なく答えたが、薫との関係がどんなものなのか、達也が最も訊きたい事柄であった。通夜の会場で発した後藤の言葉が、いつまでも達也の耳に禍々《まがまが》しく残っていた。

「後藤は名古屋で親の事業を手伝っているの？」

「ううん。親の命令で、親戚の会社で働いている。会社の本社登記は大阪だけど、実態は名古屋にある。事業開発部長の肩書で、東京にもよく来ている。東京進出を狙っているらしい」

「何と言う会社？」

「五峰商事というの。オフィスの事務用品を取扱っている」

聞き覚えのある名前だと達也は記憶を辿ったが、やがて思い出すと愕然とし、それを確認するために、麻美との貴重な時間を切り上げざるを得なかった。

新幹線で仙台へ戻る麻美を見送ってから、達也はただちに帰りの電車に乗った。車中でタブレットパソコンのスイッチを入れ、「五峰商事」を検索した。すぐに該当企業が見つかり、ホームページを閲覧したが、企業情報と代表者の挨拶を掲載しただけの粗末なもので、達也が知りたい事柄までは記載されていなかった。

達也は地元の駅で降車すると、会社には戻らず、法務局の近隣で営業する司法書士の事務所にタクシーで向かった。

この事務所の所長である外川司法書士とは彼が独立したときからの付き合いで、親が死んだ際の相続登記を依頼しただけでなく、登記の面では必ず相談する信頼できる人物だ。事業に関するものも依頼しており、事務所を訪問するときは、必ず予約を入れるのが習わしであった。

達也が事務所に姿を現すと、外川は奥の自分の席から慌てて立ち上がり、こう訊ねた。

「突然来てどうしたの。何か困ったことがあった？」

「調べてもらいたいことがある。インターネットで登記情報を検索してほしい」

「あらたに不動産を取得するのに、登記の確認が必要なのか？」

「ちがう。法人登記を調べたい。先生のところだったら、すぐ見られると思ってやってきた」

「分かった。法人名を教えて」

インターネットを利用した登記情報の提供サービスは有料で、達也でも申込みさえすれば事務所のパソコンで閲覧できるが、利用頻度が少ないことから契約はしていなかった。司法書士であれば業務上の必要性があって大概は導入しており、取引のある外川の事務所にも設置されていて、これまでも何度か利用させてもらったことがある。達也は会社名とその所在地を伝えた。

外川司法書士が、検索した情報をプリントアウトして持ってきた。達也は待ちかねたようにそれを受け取り、その法人がタブレットパソコンで検索した法人と同一であることを確認してから、役員欄に目を走らせた。目当ての名前はすぐに見つかった。何人か取締役がいるが、その末尾に後藤恭平の名前があった。漢字も同じだ。手が震えるほど興奮した。

事務所内に他の客がいないので、達也は外川の了解を得てから、スマートフォンを取り出し、若宮に電話をかけた。暇なのか相手はすぐに出た。

「この前話してくれた、知らない会社から取引を迫られた件だけれど、そのとき相手から名刺をもらった？」

「ああ。まだ持っているよ。事務机の引き出しを探すから、しばらく待っていて」

「頼む」

若宮はスマートフォンを握ったまま片手で引き出しの中を探すので、スピーカーを通じて雑音が流れ込んできた。しばらくして、しわがれた若宮の声に代わった。

「それで何が知りたい？」

「訪問してきたのは、五峰商事の人間だった？」

「ああ。名刺にはそう書いてある」

「名前は、後藤恭平」

「なんだ、知り合いだったのか。それなら丁重に扱うべきだった」

「いや、対応は間違っていない。今度また訪問してくるようなことがあっても、同じような態度でいてくれればいい」

「ああ、分かった。三村さんのところで、警察沙汰を起こすような人物だから、注意するよ」

「そうしてくれ。うかつに相手の話は聞かないでほしい」

若宮は後藤の名刺を写真に撮ってメールで送ると言って、電話を切った。ほどなくそれがスマートフォンに届いたので、達也は内容を確認し、登記情報の紙面と交互に見比べ、同一人物であることを確認した。なおも食い入るように眺めていると、自分の席に戻った外川が再び近寄って来て訊ねた。

「新しい取引先を調べているの？」

「いや、そうじゃない。隙あれば、他人の会社を取り込もうとする卑しい奴らだ」

吐き捨てるような達也の言い方に、外川は目を丸くして驚いた。

外川に見送られて達也は事務所を出ようとしたとき、役員を異動させる必要があることを思い出し、振り向きざまにこう言った。

「近いうちに変更登記をお願いするかもしれない」

「いよいよお嬢さんを役員に加えるのか？」

「それだといいのだが」

と達也がぽつりと言って表情が固くなったのを、外川はそばにいても気づかなかった。

達也は司法書士の事務所を出ると、銀行の大槻を訪ねようとしたが、すでに午後三時を過ぎて営業を終了した時刻だった。かなわないこととよく承知していても諦めきれず、念のため電話をしたが、やはり営業時間外を告げる無情のアナウンスが流れるばかりで、達也のかすかな期待が断たれた。

翌日、達也は午前九時を過ぎてすぐに銀行へ電話をした。大槻は打ち合わせの最中だったが、強引に頼み込んで呼び出してもらうと、やがて迷惑そうな声で相手が電話口に出た。

「これから会いたいのだが」

「今日ですか、参ったなあ」と大槻は言って嘆くと、しばらくスケジュールを確認した。

「今日は特に予定が混んでいて、時間を割くのは無理ですね。明日にしてくれませんか」

「ぜひ今日会って、話がしたい」

「もしかすると資金繰りがつかないので、その相談にお見えになりたい？」

「いや、違う。でも事業に関わる重要な件だ」

達也の強い口調に押されて、大槻は渋々、あらためてスケジュールを見直した。達也は大槻が舌打ちするのを聞こえたような気がした。

「三時三十分頃であれば会うことができます。店の正面入り口はもう閉まっていますが、通用口へ回ってください。来店することを警備員に伝えておきます」

午後、達也は通用口から建物に入って後ろ暗い感じになるのが嫌だったので、約束の時刻よりも四十分も早く銀行に到着して、正面入り口の自動ドアから入った。発券機から整理券を取らず店内のベンチに腰かけると、すかさず新米とおぼしきロビー係が駆けつけて不審げに用向きを訊ねた。大槻に面会の約束を取り付けてあると達也は気分を害しながら答えた。ロビー係は彼の言葉を信じようとはせず、大槻は先客と面談中だが、これが本日最後のはずだと告げ、対処に困ったようだった。ちょうどそこへ顔なじみの女子行員が寄ってきて、予約は確かに受けていると口添えしてくれた。職務を果たせなかったロビー係が、不満げに離れて行った。

達也は鞄から取り出した登記情報を眺めて待った。営業終了の十分前になり来店客はわずか数人で、閑散とした店内は静かすぎて落ち着けなかった。大槻が先客との面談を終えてそろそろロビーに現れるのではと達也は思い、面談ブースの方を見やったが、姿を見せる気配はなかった。支店長席の上方に取り付けられた壁時計で営業終了の五分前を確認して間もなく、通路の奥にある応接室から支店長と大槻が現れ、男二人が後に従っていた。なんと、そのうちのひとりが後藤恭平だと分かり、達也は息をのんだ。年配の男と後藤は支店長にカウンターの扉まで見送られると、今度は大槻がその役を引き継ぎ、先導して店舗の出口まで向かいかけた。

「おや、後藤君ではないか」

気づけば達也はロビー中に響くような大声で呼びかけていた。店内にいるほとんどの者が一斉に達也へ視線を向けた。年配の男は達也が何者なのか突き止めようと凝視し、動揺する大槻はあからさまに目を泳がせた。無関心を装った後藤は顔を出口に向け、こちらを見向きもしなかった。

達也が三人に近づくと、冷静さを取り戻した大槻が顧客をかばうように前に立ちはだかって、歓迎できない客に注意した。

「河野さん、約束の時間を守ってもらわないと困ります」

達也はそれを無視して、ふてぶてしい態度を貫く後藤に言葉をかけた。

「何で君がここにいるの？」

「口座を開設しようと思って」

「それは窓口でも出来るでしょう。忙しい大槻君の手をわざわざ煩わすこともないだろう」

「融資の相談もあった」

「ほう」

ここぞと陰で動き回る後藤の企みを、達也はこの場で徹底的に暴露しようと試みたが、平穏のうちに銀行業務を押し進めようとする大槻がこれを阻み、後藤たちにいち早く店外へ退出するように促した。達也は後藤とすれ違う際に、ひと言釘を刺すのを忘れなかった。

「あまり好き勝手にふるまうなよ。警察からも注意されただろう」

後藤は歩みを止め、目をむいて達也を見たが、何も言わなかった。後藤よりも強く反応を示したのは、行動を共にする年配の男であった。唐突に達也の口から発せられた「警察」という言葉に刺激され、何か言いかけたが、これ以上衆目を集めるのは得策ではないと判断したらしく、建物の外へ出た。達也は自分の放った一言が実に効果的であったことに満足した。

それから達也は大槻について、面談ブースへ入った。

「河野さん、ロビーであんな大きな声を出すなんて、勘弁してください。皆がびっくりしています」

「すまないことをした」

「あの方々とはお知り合いですか？」

「まあね」

大槻の問いかけに、達也は曖昧に答えた。後藤と年配の男が銀行に足を運び、応接室で支店長と面談した理由が判明していなかったので、うかつに関係を明らかにするのをためらわれた。達也の心理を察して大槻も深追いせず、企業ファイルを開いた。そこには達也の企業の資料が綴られ、折々の面談の結果が記録されているはずだった。達也を面談ブースに待たせて、大槻はファイルの保管場所までそれを取りに行ったのだが、まるで自分の机に置いてあったのを持ってきたかのように、戻ってくるのがずいぶん早かったように思われた。大槻はファイルの記録にざっと目を通すと、表情のない顔を上げて達也に訊ねた。

「今日はどのようなご用件で」

「大事なことを事前に確認しておきたくてお邪魔した」

と、達也は事務的に話すといったん言葉を区切った。

大槻が身構えて待つと、達也は仲間内にするようなくだけた調子に変えて話を続けた。

「それにしてもここで後藤恭平に会うなんて思ってもみなかった。彼はどんな用事で来たの？」

「ロビーで後藤さんが話されたとおりです」

「まさか本当に口座開設だけで来たなんて言うなよ。あんたばかりでなく支店長までわざわざ応対しておいて。重要な案件だったのではないか」

「お客様の情報をお教えすることはできません。河野さんこそどんな関係があるのですか？」

「ちょっとした縁があってね。娘の大学の同級生で、サークル活動も一緒だった」

「ほう、そうなのですか。では仲がよろしかったのですね」

「そんなことはない」

達也が強く否定したので、大槻は驚いたように達也を見つめたが、面談開始のときから気になっていたことをようやく切り出した。

「先ほど河野さんは『警察』と口にされましたが、何があったのですか？」

「それこそ、恭平の個人に係わる問題だから、簡単には言えないよ。でも、銀行が彼や彼の会社にどんな対応をするかで態度を決める」

「融資など取引をするかどうかはまだ決まっていません。検討はこれからです」

大槻は取り繕った笑顔で、取引が未定であることを強調したが、相手の言動を疑う達也は、素直に受け取れなかった。しばらくして達也は背筋を伸ばし、大槻を見つめてこう述べた。

「今日ここへ来たのは、ひとつ確認したかったからだ。……うちの事業を譲受したいというのは、もしかして五峰商事ではないのか」

「どうしてそんなことを言うのですか？」

仰天した大槻が、握っていたペンを企業ファイルの上に落とした。達也はそれを無視して続けた。

「五峰商事だったら断る。あんな会社、信じられるものか」

「そんなに感情的にならないでください。何が皆さんにとって最適なのか冷静に考えましょう」

「わが社の経営情報を、こちらの承諾なく、まさかあいつらに渡してしまったのではないだろうね。そんなことをしたら、銀行として大問題だよ」

達也は冷酷に質した。大槻は何も答えず唇を固く結んでやり過ごした。

十七

その日は久しぶりの休みで、達也はいつもより二時間も遅く起きた。溜まった汚れ物を洗濯機にかけ、大雑把にリビングを掃除すると、あっという間に昼になった。朝食も摂らず体を動かしたので、強烈な空腹に見舞われた。わざわざ外へ出かけて食材を購入し、帰宅して調理する時間が惜しくて、冷蔵庫をのぞいてすぐに食べられる物を探した。期限切れが近いハムとコンビニエンスストアで購入して二日経過した袋入りのカットサラダ、干からびかけたチーズを見つけ、あわせて未開封のクラッカーを、古新聞や郵便物で散らかる食卓に並べた。ろくな食べ物もなく、わびしさが漂う食卓であった。

達也はふとリビングの窓外に目をやると、柔らかな日差しが入り込んでいた。日差しに誘われるように、外で食べた方が少しは気持ちいいだろうと思い、バルコニーへ移動した。

達也は一人暮らしをするようになってから、バルコニーへ出ることはまずなかった。足を踏み入れてしまうと、鉢植えの枯れた植物や土埃などの汚れが否応なしに目につき、掃除をする必要に迫られてしまうのが分かりきっていた。久美がいた頃は彼女が頻繁に掃除をして清潔だったが、達也が全く手入れをしないので、最近では鳩が舞い降りてバルコニーを汚すこともたびたびあった。

話し相手のいない食事は呆気なく終わった。まだ食欲が満たされない達也は、摂取した水分がコーヒー一杯だけだったこともあって、不足分を補いにキッチンへ向かった。再び冷蔵庫を開けてみたが、そのまま食べられるのは瓶詰のらっきょうしか残っていなかった。仕方なくその瓶をつかむと、一緒に缶ビールを取り出し、戸棚にしまってあったポテトチップスの袋と味付け海苔を携え、バルコニーへ戻った。

達也は心の片隅でビールが一本だけで済むとは思ってはいなかったが、缶を空にすると案の定二本目も欲しくなり、あっさり欲望に負けた。冷蔵庫の中には缶ビールは一本しか残っていなかったので、今日は飲むまいと決めていた白ワインに手を伸ばした。

達也はワインを瓶の半ばまで飲んでしまうと、さすがに顔がほてり、少々酔っぱらってきた。いまは考えたくもない事柄が、次々と思い起こされた。

久美からの離婚届の送付に怯え、仙台に逃げた娘の身を案じ、強引に譲渡を仕掛けてくる五峰商事への対応を検討する必要がある。身に降りかかったさまざまな問題を、無傷で解決するのは相当な困難を伴い、それに消費するエネルギーを考えると、すでに精神的に疲れている達也の神経がますます損耗した。

あの日、大槻との面談を終えて通用口から銀行の建物を出ると、いきなり呼び止められた。声の主は、銀行で後藤と一緒にいた四十代半ばの男で、達也には後藤に比べれば真っ当な感じがした。

「先ほどは名前も名乗らず、失礼しました。私は五峰商事の後藤博司と申します」

と言って、五峰商事の社名が印刷された名刺を差し出した。隙のない身のこなしが、いかにも世故《せこ》に長《た》けた印象を達也に与えた。

「恭平君とはご兄弟ですか」

「いえ、私は彼の叔父にあたります。あいつの父親が五人兄弟の長兄で、私は末弟です。会社を経営する兄から命じられて、恭平は別会社である五峰商事で経営を学び、私がその教育係を務めています」

「恭平君はいまどこに？」

「車内で待たせています。いないほうが河野さんと落ち着いて話が進められそうなので」

「あなたがたとはあまり関わりたくないな」

「麻美さんのことなら、大変申し訳なく思っています。せっかくご好意を寄せていただいているのに、交際をお断りする結果になってしまって」

そう言う後藤博司の顔を、達也はまじまじと見つめた。恭平からの偽りの情報を真に受けているのか、それとも後藤一族が一丸となって真実を隠蔽しているのか判断しかねた。

いずれにせよ彼の口ぶりを信じるならば、麻美に向けた恭平のよこしまな関心がこのまま消滅してくれたらと願った。

後藤博司は達也の胸中をまったく察しないで、本題を切り出した。

「すでに銀行からお聞きだと思いますが、事業譲渡の件です。河野さんの事業をぜひ我々五峰商事に譲ってほしいのです」

「たしかに譲渡の打診はあったが、承諾した覚えはない。ましてその相手先が五峰商事とは聞いていない」

「本当ですか。銀行からとっくに伝わっていると思っていました」

と後藤博司は言って、指を顎に当てた。

「なぜ我が社の事業を譲受しようとするのだ」

「関東に進出するのが当社の悲願でした。当社は法人向けに事務用品関連の事業を営んでいますが、せっかく進出するならこれまでとは異なる事業に取り組もうと決めました」

「それで事業基盤がそれなりにある私のところが狙われたわけだ。社長は三代目で力量が疑われるし、組織もガタガタしている。組み伏せるには容易な相手とでも思ったのかな?」

「ちがいますよ」と後藤博司は口元だけ笑みを浮かべて返事をした。「失礼ながら、河野さんのところは後継者がいないようだ。高齢になってから廃業されては、せっかくの事業がもったいない」

「我が社の事情について娘を通じこっそり恭平君が調べたのかな？」

「そんな人聞きの悪い言い方は勘弁願います。たしかにこの案件は恭平の提案です」

「支社長は恭平さんにするつもりなの？」

「資質にもよりますが、十分あり得ます。今回の事業に一番熱心なのはあいつでしたから」

「おたくたちはよその会社の調査に長けているかもしれないが、身内に対してはそうでもなさそうだ」

皮肉をこめて達也がそう言うと、疑念を抱いた後藤博司はそれでもすぐに理解できず、怪訝そうに質問してきた。

「もしかして、『警察』に関わることを言っているのですか」

「本人に訊くといい」

「あいつは本当のことをなかなか打ち明けてくれない」

「それでは教えてやるよ。婆さんしかいない家に、恭平君は勝手に上がり込んだ。頼んでもなかなか帰ろうとしないので、警察を呼んだそうだ。これもあんたの会社がやる調査の一つなのかな」

「恭平が、まさかそんなことをするなんて」

そんな話は初耳だったらしく、後藤博司は青ざめた。達也は自ら調査したことに基づき、容赦なく相手の弱みを指摘して、追い討ちをかけた。

「おたくの会社は大阪に本社登記されているが、そこは看板だけのレンタルオフィスで、人員は一人もいない。別の場所に実態があるのだろう。取引しようとする者が、それを知ったら困惑するよね」

「電話は名古屋へ回るようにしてあります」

「はっきり言っとく。恥知らずな恭平君を平然と役員に据える怪しい会社とは交渉したくない。事業譲渡なんてとんでもないことだ」

「我々の会社はちゃんとしている」

後藤博司は顔を赤くして怒った。

バルコニーに二羽の鳩が舞い降りた。つかず離れずにいるのは、明らかにつがいだと分かった。あるはずのない餌を求めて、あちこちを動き回った。バルコニーのガーデンチェアに座る達也が動かないでいると、徐々にテーブルまで寄ってきた。一羽がその場を離れるが、じきに戻ってくる。二羽は見つめ合って、まるで会話をしているようだ。

仲の良さを見せつけられ、次第に怒りが募った。猛禽類の鷲やハヤブサならともかく、鳩のほとんどは雛が育つと仲を解消するのに、一生の伴侶のように仲睦まじくしているのが許せなかった。見ていて鬱陶しくなり、たまたまそばにあった野球のボールを、気づけば投げていた。追い払うだけのつもりであったが、思いがけなく一羽に命中し、鳩は動かなくなった。残った一羽はしばらくそばにいたがとうとう諦め、やがて達也に一瞥をくれると飛び立った。達也は焦った。マンションの住人や管理人に気づかれずに死骸を処分しなければならない。新聞紙にくるんでゴミ出し用のビニール袋に入れると、消臭剤をまいてから、人気《ひとけ》のない時間を狙ってゴミ集積所に出した。

……酔いでいつの間にか眠りに落ち、すべては夢だと分かった。ガーデンチェアにだらしなく腰かけていた達也は、体のあちこちに痛みを覚えた。姿勢を正すと、鳩がいないかバルコニーへ目を配りながら、見たばかりの夢を反芻した。後味の悪い、おぞましい夢は、上手くいかない最近の出来事に由来するものと思われた。達也はため息をついて立ち上がり、散らかったテーブルの上を片付けた。

十八

麻美が薫を伴ってマンションを訪ねてきた。久美に頼まれて、秋冬の衣服を取りに来たのである。

実家に急いで戻った妻はとりあえずの衣服しか持たず、ほとんどが手つかずのまま彼女の仕事部屋に残っていた。季節が変わり、衣替えはどうするのかと心配していたところ、久美の代理で娘と薫が目当ての荷物を取りに来るようになった。達也は彼女たちのスケジュールに合わせる煩わしさもあって、一日家を不在にするから久美本人が戻って彼女のものを一切合切運び出したらどうかと提案したが、いろいろ理由をつけて断られた。それをもし実行されると、久美のものがおおかた消えて、達也自身もがらんどうのようになった我が家を目にして虚ろな気分に襲われそうなので、それ以上は言わなかった。

その日も麻美と薫は久美の部屋にこもって、引っ越し業者のように妻の衣装や小物類を段ボールに詰めていた。達也はその作業を邪魔せず、リビングのソファや食卓の椅子などあちこちに動いて、終わるのをおとなしく待った。

小一時間ほどして、薄手の白い手袋をはめた麻美が、ソファで寝そべっている達也に近寄ってきて、いきなり訊ねた。

「お父さん、探している本がみつからないけれど、知らないかな？」

久美の仕事部屋にはまだ二百冊以上の書籍が本棚に所蔵されており、見つけるのは容易ではなかった。達也は面倒くさそうに娘に訊き返した。

「なんの本を探している？」

「イギリス人の詩集」

「詩集ならママはたくさん持っていたぞ。詩人の名前は分からないのか？」

「ママから教えられたけれど、忘れた。なんでも十九世紀初頭の人で、二十五歳の若さで死んだって」

達也はそれを聞いて、たちどころにその所在が分かった。

「それならママのベッドの棚にあるよ」

「本当に？」

半信半疑の麻美が達也たちの寝室へ足を運び、一冊の本を手にしてすぐに戻って来ると、ソファで待っていた父親に訊ねた。

「なぜ知っていたの？」

「お気に入りの詩集らしく、ママはときどきページを開いていた」

「そうなんだ」

麻美は表紙の色褪《あ》せた古い詩集を眺めた。探し物があまりにもあっさり手に入ったので、詩集にはもはや関心を失くし、薫が作業を続ける久美の部屋に戻った。

正午過ぎに麻美たちの作業が終了したので、達也は寿司でも取ろうかと娘に提案したが、以前から目をつけていたイタリアンレストランへ薫と行くと言って断られた。段ボール箱を薫のＳＵＶに積み込むと、二人は早々に引き揚げて行った。娘たちによる引っ越し作業のたびに、達也は久美のゆかりの品々がなくなるのを目の当たりにして、そのつど一抹の寂しさを覚えたが、なぜか今回は特にその気持ちが強かった。

日曜日になると、達也は食料品をまとめて購入するために、最寄りのショッピングモールへ出かけた。ついでにそこに出店している本屋に足を延ばした。麻美が持って行った久美の詩集の内容が気になり、確認したかったからである。ただ、商業施設に出店する本屋には、詩集など専門書はごくわずか展示販売されているにすぎない。達也が単行本のコーナーに行くと、やはり探していたものは見当たらなかった。それでも諦めずに文庫本のコーナーへ回ったところ、僥倖にも目当てのものが見つかり、しかもそれが三冊も並んでいた。否が応でも目立ち、胸を高鳴らせ、そのうちの一冊を購入した。

達也は予定を変更して、買ったばかりの本を読むのに商業施設内にある大手チェーンのコーヒーショップに入った。若いカップルの隣席に着くと、老眼鏡をかけるのももどかしく文庫本を開いた。文庫本には、夭折した詩人の数少ない作品群のほとんどが網羅されていた。短文が連なる作品にざっと目を通したが、どれもピンとくるものはなく、娘を使って詩集をわざわざ取り寄せた行為に、何かしらの久美のメッセージがあったのではという達也の淡い期待はもろくも崩れた。

達也が本から視線を外して顔を上げると、隣のカップルは会話をすることもなく、それぞれスマートフォンを操作していた。達也に久美と交際を開始して間もない大学生の頃の記憶がよみがえった。

待ち合わせ場所は話好きな店主がいる喫茶店だった。店のドアを開けるとカウベルが鳴り、サイフォンを操る店主にコーヒーを注文し、店内の奥に向かう。そこには久美が座っている。

その日、達也がいつものように約束の時間に遅れて行くと、久美はテーブルの上に広げた紙に見入っていた。英語の分厚い原書がそばに置いてあった。近くまで行っても達也に気づかない。紙から久美の指が離れた瞬間に、達也がそれを奪い取った。

「あっ」

と驚いた久美が瞬間眉根を寄せ、表情に不快感を滲ませたが、犯人が達也だと分かってそれはすぐに消えた。達也は紙面に目を落とすと、見なれた久美の文字が記されていた。

「この詩、君が作ったの？」

「ううん」達也の問いかけに、久美はかぶりを振った。「この本にあるのを私なりに訳してみたの」

傍らの本を指し示しながら、顔を輝かせた久美が得意げに答えた。達也は紙に記されたものをじっくり読んだが、原文を読んだこともなく、感覚的で繊細な表現にどんな意味がこめられているのかよく理解できなかった。それでも彼女を褒めないわけにはいかない。

「素晴らしい訳だ」

「うん、先生も褒めてくれた」

「先生というのは、君のクラスを教える、英語の講師のこと？」

「そうよ。言葉を選ぶセンスがあるから、翻訳家の道を選ぶといいと、すすめてくれた」

久美は英語の原書を胸に抱え、うっとりとした眼差しを宙に向けた。

達也は内心焦らずにはいられなかった。大学から少し離れたケヤキ並木の道を、三十代前半の男性講師とふだんとは違うおしゃれな服装をした久美が肩を並べて歩いていたという噂話を耳にしていた。問い詰めたい衝動に何度もかられたが、勇気がなくてできず、今日も別のことを言うのが精一杯であった。

「職業として、翻訳家を選ぶのは疑問だ。名前が売れて、それだけで生活できるのはごく少数だと言うじゃないか」

「分かっている」と久美は力なく肩を落とした。「英語の教師にでもなって、余暇の時間にやるわ」

「約束だよ」

達也は親になったようなつもりで言った。

肩を落として失望する彼女を見て、達也はたまらなく後悔した。希望に燃える大切な女性の気持ちを、男のつまらない嫉妬心から発した言葉によって、萎縮させてしまったからだ。久美は紙面の自分の文字を空しく指でなぞった。ちょうどそこへ、注文したコーヒーを店員が運んできたので、達也は謝る機会を逸した。とんでもないことをしたという負い目が残った。

達也は仕事を終えて帰宅し夕食を摂っても、その日は珍しく酒を飲まなかった。夕食の後、片付けを早々と済ませると、一人では広すぎるリビングのソファでしばらく休んだ。近くに置いたスマートフォンの受信画面に久美の名前が表れ、達也は胸を高鳴らせ急いで出た。久美にちがいはなかったが、最初は別人かと思うほど、喉に棘が刺さったような、ひび割れた声なのが気になった。久美は昔から体調を崩すと、真っ先に異変が現れるのは喉で、症状が重くなるのを防ぐために、気をつけていた。達也がそんなことを思い出していると、相手はかまわずしゃべり始めた。

「この前は、お休みの日に麻美たちがお邪魔して悪かったわね」

「君が注文したものを、麻美はすべて運んだ？」

「ええ、ちゃんと持ってきてくれた。麻美が話していたけれど、詩集は寝室にあったそうね。仕事部屋にあるものだとてっきり思っていた」

久美がきわめて事務的に話すので、たいそう失望した達也は耳からスマートフォンを離し、スピーカーモードに切り替えた。それに気づかず話し続ける久美の声は、感度の悪いラジオ放送のように響いた。

「一つお願いがあるの。出版社にそちらの住所を教えたので、郵便物があったら、こちらに転送をお願いできないかしら。厚かましいことは承知している」

「かまわないよ。翻訳の仕事は順調？」

「うん、ほぼ納得がゆく状態。おかげさまで仕事のお話がいくつも舞い込んでくる」

「それはよかった」

うれしそうに話す久美の声に棘が消えてやさしさが戻ったかのように感じられた。達也はそれを心から喜び、スピーカーモードから元の状態へ戻し、スマートフォンを耳に押し当てた。すると、こんどは馴染みのある息遣いまでが耳元に届いて、彼の気持ちをたちまち穏やかにした。そんなことには気づかず、久美は夢中になって話を続けた。

「今度ロマンス小説を翻訳することになったのだけれど、出版されたら私の名前が訳者として出るかもしれない」

「それは素晴らしい。本になったらぜひ読んでみたいね」

「本ができたら贈るわ」

「楽しみに待っている。お祝いに何か贈り物をするよ」

「ありがとう」

掠れた声を除けば、達也には電話の向こうの久美が喜びで弾けているのがありありと伝わってきた。長い間夢見ていたプロの翻訳家としての道がようやく開け、気分は前途洋々の状態にあるにちがいなかった。もうすぐ晴れ舞台に立てると確信しているのであろう。

久美に才能があるにもかかわらず、達也はこれまで長年彼女を家庭に留め置いてきたことを後悔した。望んでも翻訳に邁進することができない身上に、流し台のあちらを向いて涙を流しているのを、食事の片付けをようやく終え、疲れてぐったり食卓に突っ伏しているのを、達也はこれまで幾度となく目撃しながら、あえて見ないふりをしてきたことも多々あった。

子どもが成人し、ようやく時間に余裕が生まれて、久美は心躍らせ翻訳に取り組んだが、期待した成果は上げられなかった。徒労に思えたこれまでの日々の悩みを、樽から栓を外して淀んだ水を抜くように、払拭できたのは最近のことである。家を離れ、最愛の母親を見送った今こそ、翻訳に全力を傾注できる最上の時間なのである。

達也は久美の屈託のない笑い声を聞いて、自分のことで彼女にこれ以上心配させまいと決心した。たとえ寂しくても復縁を迫るのはやめよう。それこそが彼女に対してしてやれる、最大の贈り物だと考えた。

二人の会話は自然と麻美を追い回す後藤のことに移った。

「麻美に後で聞いたけれど、彼は母の通夜で騒いだばかりでなく、その他もいろいろ問題行動を起こしたそうね」

「事業を拡張して東京方面に進出したいらしく、そのためにうちの会社を手に入れるのが手っ取り早いと判断して、いろいろと動き回っていたようだ」

達也が調査して判明したことだが、五峰商事は、達也の会社の価値が下がったところで、譲受価格を安く抑え込もうと目論んだ。取締役の恭平は、麻美から入手した情報をもとに、達也の会社の評判を落とすため、関係先にデマを流して取引を中止させるように企んだり、社員たちを抱き込んで会社内が混乱するように仕組んだ。

後藤一族の知り合いで、達也が取引をする銀行の本部に顔のきく人物がいて、彼を介して五峰商事が新規取引をできるように銀行に働きかけ、あわせて達也の事業の譲受を打診した。銀行は、達也の会社の状況を危ぶんでいたので、場合によっては達也との取引を停止し、譲渡代金をもって融資資金を回収し、そのうえ譲渡にかかる事務手数料を得られると判断して、大いに関心を寄せ計画に着手したところだった。

達也がやりきれなさを滲ませて言った。

「銀行には裏切られたような気分になって参った。でも銀行も、取締役である恭平が警察沙汰を起こしていたことを把握するに至った。犯罪に抵触しかねない強引な所業を問題視し、ひとまず様子を見ようとの判断になり、案件は見送られた。そして何事もなかったかのようにわが社との取引を継続している。おかげで五峰商事への譲渡はどうにか回避できそうだ」

「よかった」と、安堵したように久美は言った。「結局彼はあなたの事業が欲しくて麻美につきまとっていたことになるのかしら」

「初めは麻美をみそめて結婚を希望したようだが、わが社を詳しく知ると、経営者におさまりたくなったようだ。経営者になれば、麻美も見直してくれるとでも考えたらしい」

「薫さんの話だと、最近は仙台にも姿をみせたようよ」

「あいつはまだ事業の横取りを諦めてないのか。一度仙台まで行って様子を見て来よう」

「うーん。その必要はない。あの子たちからじきに連絡があると思う」

久美の発言に達也は何か引っかかったが、口にはしなかった。娘たちの心配よりも、はるかに気がかりな点があった。

「さっきから気になっていたが、君の声の調子がおかしい。医者に診てもらったほうがいい」

「ちょっと喉を痛めたの」

「体を大切にしろよ。ひとり暮らしだと健康管理がおろそかになるからな」

「あなたもね。お酒はほどほどに」

掠れた久美の声が、達也の耳にはつらそうに聞こえた。

十九

麻美に関して久美が曖昧にした事柄がなんなのかを、達也は一週間ほどして知ることとなった。

夜の九時過ぎに、麻美が突然帰宅した。見るからに疲れ切っていたが、こわばった顔つきは容易ならぬものを達也に感じさせた。食卓で頬杖をつく麻美は暗澹たる様子で考え込み、動く気配はなかった。達也がお茶を淹れてもすぐには飲まなかった。

しばらくして、麻美が重い口を開いた。

「私が金融機関からお金を借りることはできる？」

「何のために？」

「会社に必要なお金」

「従業員の立場の麻美に、金融機関は事業資金を融資しないよ」

「やっぱりダメなの」

達也は冷静な判断ができない娘を見て、薫の会社が抜き差しならぬ状況にあることを悟った。

麻美によると、薫は会社を創立して三年を経過するが、最近は新規顧客がぱったり獲得できなくなり、せっかく開拓した顧客も次回の受注をあまり期待できないという。達也は娘の話を聞くかぎり、会社経営の知識が不足し、事業計画も策定しない代表者に、経営者として力不足を感じた。親譲りの会社とはいえ、なんとか十数年経営してきた者からすると、薫のような会社は倒産する確率が高いと判断した。しかし、麻美は会社が不振の原因を別のものに考えているようで、それは達也の会社がつい最近遭遇した事態に影響されていた。

「もしかしたら、後藤に邪魔されているのかも」

「何か具体的なことがあったのか」

「特にこれとは言えない。でも薫さんが二回も仙台で後藤をみかけたのよ」

「だからといって、原因を後藤に結びつけるのは早計すぎる。麻美はあまり神経質になるな」

達也は事態を疑う麻美をなだめたが、娘は聞く耳を持たず、それでも気持ちを落ち着かせようと父親の淹れたお茶を飲んだ。しかし感情は鎮まらず、目がうっすらと濡れて、珍しく父親の面前で泣き出しかけた。

「薫さんはすっかり廃業するつもりでいる」

達也が麻美にあれこれ確認すると、事業はすでに停止し、薫は取引関係者に挨拶に行き、金融機関ともすでに今後の返済について協議に入っていた。

「薫さんの判断は正しい。無理に続けたところで、かえって状況は悪くなる」

父親に断言されて、麻美はいよいよ泣き始めた。達也は、肩を震わせしゃくりあげる娘に、中途半端な慰めの言葉をかけず、口をつぐんでひたすら見守った。麻美の気持ちが落ち着いてから、声をかけた。

「薫さんは今後をどうするつもり。故郷に帰るのか？」

「ご両親は亡くなっていて、故郷には家族はいない。東京に出て、ひとまず就職口を探すと言っている」

「そのほうがよさそうだ」

達也は薫の考えに賛成したが、まだ肝腎なことを聞いていなかったので、それを口にした。

「それで麻美はどうする？」

「私は……、ここに戻るつもり」

「そうだね、それがいい」

当然のように達也が同意しても、麻美は不服なのか何か考え込んでいた。

突然、麻美は神妙な顔つきになると、あらためて薫の身の振り方について話し始めた。

仕事を探しに上京するにしても、就職するまではわずかばかりの貯えを切り崩さなければならない。できるだけ節約する必要がある。問題なのは、住まいとなる部屋を借りても、家賃が高くて捻出できない。薫がこの問題で苦労するのは目にみえている。

麻美は薫にどれだけ助けられたか分からない、と訴えた。後藤にさんざん付きまとわれて身の危険さえ感じ途方に暮れていたところを、薫が声をかけて仙台に呼び寄せてくれた。

とても世話になり、私が現在このように生きていられるのも、すべて薫のおかげだと強調した。

「そんな恩義のある人の窮地をほっとけない」

「たしかに薫さんには世話になった。困っている人は助ける必要があるな」

と達也が同調した。

「そこで、パパ」

麻美が不意に呼びかけてきた。達也はそんな呼ばれ方は久しぶりだったので、目を見張った。麻美がその呼称を使ったのは、おもに中学生の頃まででであった。その後でも、願い事などでどうしても実現したいことがあるときは、例外的に使った。達也はそんな習癖を早くから気づいたが、娘のほほえましい魂胆を半ば喜んで受け入れていた。ただ、今夜は麻美が何を言い出すのかと、無意識に身構えた。麻美は言葉を続けた。

「パパにひとつ認めてもらいたいことがある。可哀そうな薫さんにここへ住んでもらっていいでしょう、お願い」

「この家で暮らすというのか」

「うん」

哀願するような麻美の依頼に、達也が返事を渋ったのは、あまりの唐突さに驚かされたばかりではなかった。義母の通夜で後藤が叫んだ一言が強烈によみがえったからである。果たして麻美と薫は後藤がほのめかしたような間柄だと言うのか。

「父親の立場からは聞きにくいのだが、二人はどんな関係にある？」

達也がそう訊ねると、麻美はしばらく考えこみ、そして決断するように言った。

「男の人といるよりも、安心して過ごせる相手」

疲れでこわばっていた麻美の顔からいつの間にか力みが抜け、気負いのない面差しに変化した。達也はそこから、どんな逆風も恐れず、自然体であろうとする娘の静かな決意を汲み取った。

二人は食卓を挟んで向き合い、しばらく黙りこくった。達也はこのマンションに引っ越してきた当時を、図らずも思い出した。麻美はここから都心の女子高へ電車通学をし、友人付き合いはほとんど女性に限られた。本人は大学も女子大を希望したが、将来世の中に出て行くことを考え両親は共学をすすめ、話し合いの結果娘は親のアドバイスを受け入れた。

麻美の性向について、達也はその頃、男性との交流をあまり好まないのは生来のものと思うが、その一方で原因が自分にあるのではないのかと心ひそかに考えていた。放蕩を繰り返す自分を妻の久美は当然責めたが、賢明な母親は夫との諍いを娘には見せまいと努めた。しかしどんなに配慮をしてもその一端は見られてしまうものである。麻美の父親拒否、ひいては男性不信に結びついたのではと判断した。

思えば就職してから、麻美は不本意な経験の連続であった。あまり話したがらないのを、達也は機会を見つけては断片的に聞き出し、最近になってそう結論づけた。

就職した会社は事前に聞かされていたような自発的な活動を麻美にはほとんど認めず、補助的な役割を果たすに終始した。成果が見込まれる提案をしても容易に却下され、酷い場合は元が彼女の提案であっても、成果が上がるとそれは他人の手柄となっていた。頼りにしていた恭平は、麻美が苦しい胸中を相談しても、みんな最初は同じようなもので、いずれ納得できるようになると言って、満足に取り合わなかった。

会社における麻美の立場は微妙であった。自身ではそう思ってはいなかったが、従業員たちからは一線を画されて、経営者一族と同様の扱いを受け、同僚らと親密な付き合いは望めなかった。恭平の親族はそれとは好対照で、うわべだけ親切な言葉を何につけ彼女にかけてきた。あるときなどは、会社の社長夫人に乞われて買い物に同伴すると、夫人が懇意にしている仕立て屋に赴き、言葉巧みに体を採寸されて、いつの間にか望みもしない洋服を作ってもらう羽目になった。

恭平はというと、学生時代の陰気な性格は社会人になっても変わらず、私生活の細部を麻美には明かさないで、知れば知るほど正体が分からない男だった。麻美は学生のときから、彼が自分に好意を持っていることはうすうす承知していて、就職で名古屋に居住すると、強引な誘いに見舞われる危険が潜んでいることはよく分かっていた。その際は断固として拒否すればよく、まさかそれが原因でクビになることはあるまいと見くびっていた。しかし、それがいかに甘い見通しであったかを嫌と言うほど思い知らされた。

麻美は恭平の妻になるべく、どんどん周囲の状況が固められ、わが身をからめとられていくような感覚に襲われ、一人おののいた。恭平の魔の手をかわし、一族の罠から抜けるには、もう名古屋から遁走《とんそう》するしかなかった。信頼する旧知の武内薫によって窮地を救われ笑顔を取り戻すことができたが、彼女の事業の失敗によって再度危機的な状況に追い込まれた。達也は我が子ながら可哀そうな麻美の境遇が、しみじみ身につまされた。

その娘が父親に助けを求めている。達也は武内薫もこの家で暮らすことに抵抗は大きかったが、ここは希望に添ってやるべきではないかと考え直した。家族が新しく一人増えたと思えばいい。麻美は武内の好ましい一面にしか目が及ばないが、やがて失望して仲を解消することがあるかもしれない。そのとき自分が近くにいれば落胆する娘を助けてやれると考えるに至ったのである。

達也は胸の内を明らかにしないまま、今後の方針を娘に伝えた。

「麻美の気持ちは分かった。困っている人を助けるのは大切なことだ。薫さんがここで暮らすことを認めよう。ただ、麻美の部屋を二人で使うのは窮屈だから、薫さんには久美の部屋に住んでもらったらどうか」

「ママの部屋に住むの？　ママに悪いわ」

「心配はいらんよ。ママはもう戻らない」

管理人の野口が集合ポスト周辺の掃除を行っていた。達也が声をかけると、大儀そうに振り返った。

「ひとつお願いがある。ポストの表札を変えてほしい」

「またですか」と野口が不満げに言った。「この前書き換えたばかりですよ」

根本久美宛の郵便物が送付されるかもしれないので、達也はポストの名札に根本姓を加えるように管理人へ依頼してからまだ半月も経っていなかった。

「今度は誰です。まさか部屋を貸し出して、その人の名前を書けというのではないでしょうな」

「親戚の娘が東京で働くことに決まり、我が家に寄宿することになった」

達也が苦し紛れに嘘をつくと、野口は嫌々ながら引き受けた。


一カ月ほどして、麻美と薫は仙台から上京し、達也と三人の共同生活を始めた。初めは当主の達也が厳命したとおり、二人は別々の部屋で暮らしたが、三、四日もするとルールなどないものに等しく、同じ部屋で寝起きするようになった。達也が眉をひそめても、いっこうに気に留めることなく、女子学生のように肩をくっつけて笑い合っていた。

河野家における生活習慣はすっかり様変わりした。当主の達也の立場が明らかに弱くなり、まるで居候にでもなったかのような気分をたびたび味わった。

久美が家を出てからも、妻がそうしたように達也は朝に洗濯したが、二人は夜中でもお構いなしに洗濯機を回す。麻美は汚れ物の溜まり具合を薫の分まで気にかけ一緒に洗うが、父親のものが溜まっても関知しなかった。男物を洗うのを拒むのは無理ないとしても、娘に期待する自分が間違っていたのかと、思うしかなかった。

達也が料理をするのは二人から免除された。薫は簡単な和食の総菜を料理してくれたが、麻美はからきしセンスがなく、もっぱら洋風のしかも味の濃いものばかりを作りたがった。残念ながら、クリームシチューを肴に晩酌はできなかった。

風呂の習慣がまったく異なった。シャンプーやリンスの類いが圧倒的に増えた。学生時代の麻美は新製品が発売されると購入することがあったが、社会人になってからはさらにその傾向が強まり、ネットや雑誌で評判を取ると、必ずといっていいほど試した。薫は麻美ほどではないとしても同様の傾向があり、三人の生活となってからは、風呂場は華やかな色合いのボトルであふれ返った。そして何よりも達也を呆れ返らせたのは、二人がもっぱらシャワーを利用し、浴槽に浸かる習慣をほとんどもたないことだった。ボディーシャンプーで体の汚れを落とすと、たっぷりお湯をかけ流して済ませてしまうのである。二人が浴室を使った後、達也の番になって浴槽に足を入れると水のままで慌てたという苦い経験を何度かさせられ、それからというもの風呂に関しては特に、慎重になった。その一方で驚くような体験をした。

ある日、風呂に麻美が入っていて、順番がまだ回ってこない達也は喉が渇いてキッチンへ行くと、ひと足先に風呂から上がった薫が流し台の前に立っていた。体がほてっているようで、首にバスタオルをかけただけの上半身裸の彼女は、缶ビールをその場で飲んでいた。バスタオルに覆われて乳房は隠れていたが、達也がどぎまぎしていると、目が合った薫は恥ずかしがることもなく、ぴょこんと頭を下げた。

「冷蔵庫にあったビールを勝手にもらっています。後で補充しておきます」

「気にしなくていいよ、好きなようにしてかまわない。銘柄はそれでいいのかな。他のものを仕入れておこうか」

「ビールなら何でもけっこうです」

薫はそう答えると、何ごともなかったかのように麻美の部屋に向かった。達也は水を飲むつもりであったが、薫に刺激されてビールに変更して流し台で立って飲んだ。二口、三口と飲み進めていると、部屋に行ったはずの薫が戻ってきて、目の前に手を差し出した。

「これ、おじさんのでしょう」

「うん、この前から探していた。どこにあった？」

「リビングの掃除をしていたら、ソファを置いたカーペットの下に潜っていました。鍵はありませんでした」

「付けていなかったから、これでいい」

達也が薫から受け取ったのは、円型のキーホルダーであった。七宝焼でフクロウの図柄が施され、何年か前にデパートで購入したものである。買った直後はレクサスのキーをつけていたが、一度外出先で金具部分が取れて危うくキーを紛失しそうになったのを機に、大事なキーホルダーを日常使いするのが惜しくなり、修理もせず机の奥にしまい込んでいた。二日前の夜に急に思い出して取り出すと、それを眺めながら酒を飲み、そのキーホルダーを持ち歩いた日々を懐かしく思った。いつの間にか眠ってしまい、その拍子に手からこぼれ落ちたようだ。酔いから覚めて行方が分からないことに気づき、辺りを大雑把に探してみたが、見つからなかった。転がってどこへ行ったか気がかりではあったが、自分の家の中で見失ったのだから必ずあるのだという妙な安心感もあり、大事なものにもかかわらず忙しさにかまけてそのままにしてしまった。

「これが麻美の物ではないかと思わなかった？」

「見つけた場所がいつもおじさんが座るところでしたから、それはありませんでした。それに麻美がこれを持っているところを、これまで一度も見たことがないので」

「見つけてくれて、うれしいよ」

と達也は素直に礼を言った。部屋の掃除は、麻美によって当番制が敷かれた。その日は薫の担当ではないのに、自主的にしてくれた。おかげでキーホルダーが見つかり、非常にありがたかった。彼女のビールの嗜好を見極め、在庫を切らさないように心がけようと決めた。

マンションの管理人が薫をどう思うか、達也は気になるところだった。同居人が増えることを伝えた際は、あからさまに不快感を示して歓迎していなかったが、彼女が越してきて、いまだ好ましくない感情を抱いているのか確認する必要があった。悪い評判を立てられないように配慮しなければならない。

達也は管理人室まで赴き小窓を叩くと、野口がドアを開けて姿を現した。

「ポストの表札を変えてくれてありがとう」

「わざわざそんなことを言いに来なくてもいいですよ。あの人はたしか一度こちらへ荷物を取りに来ましたよね。感じのいい人だったと覚えている」

野口が笑顔で言うので、達也の心配はたちまち解消された。

「あの娘は、この辺りのことは何も知らないので、困っていたらよろしく頼む」

「いいですよ」と野口は気安くうなずいた。「河野さんが心配しなくても大丈夫ですよ。

あのお嬢さんはしっかりしているし、人を思いやる気持ちを持ち合わせている」

「何かありましたか」

「この前、年寄りを助けていた」

野口の語るところによると、外出する薫がマンションのエントランスを出ようとしたところ、タクシーを降りた老婆が大型トランクを引いてこちらに近づくのが見えた。婦人はこのマンションの住人で、入院生活を続ける夫を見舞っての帰り、トランクを引きずり不自由な体を傾げながらこちらに歩いてきた。野口よりも早く、薫がそばに駆け寄りトランクを受け取ると、体を支えながら婦人の部屋まで送ったのである。

「あのお嬢さんには感心させられる。転んで泣いている小さい子どもをあやしていたこともある。将来どんな人物になるか楽しみだね」

「恐れ入ります」

達也はまるでわが娘が褒められたようでうれしさを覚えた。そしてその思いをすぐに訂正した。もう一人の娘が称えられたのだ、と。

二十

玄関のチャイムが鳴り、間を置かず鍵が解除されて誰かが入って来るのを、リビングのソファに座る達也は感じとった。その音にはっとした麻美はついに来るべき時が到来したと悟り、ソファから立ち上がった。

「皆さんお揃いね」

久美はリビングに入るなり、そう声を張り上げた。その捩れ具合は、達也が先日電話で話した際よりもさらにひどくなっている。元気そうに振る舞っている久美を見て、達也は懐疑的にならずにはいられなかった。染めた髪は艶がなく、頬がこけ、背も縮んだような印象を受けた。それに反して、十月中旬にふさわしい見覚えのある秋物のスーツを身につけているが、その腰回りのあたりが以前と比べて膨らんだのか、余裕がないように見えた。久美の変化に麻美たちも気づいたようだが、何も言わなかった。達也が思わず声をかけた。

「元気でいる？　ご飯はちゃんと食べているのか」

「仕事に集中するあまり、気がついたら食事が一日一食ということもある」

「座り仕事で体の負担が少ないと言っても、体が資本なんだから、大事にしなくては」

「心配してくれて、ありがとう。時間の無駄だから、早く始めましょう」

久美に促されて一同は食卓へ向かった。

三日ほど前に、麻美は母親から電話を受け取った。延び延びにしていた離婚届を作成するので、麻美と薫に証人として署名してもらうため、次の日曜日は在宅してほしいという内容だった。この件で達也とはすでに話し合い済みで、薫に証人になってもらうことに異存はないとのことだった。

麻美は用紙への署名について唐突に切り出され、しかもなんのためらいもなく薫に証人を頼みたいと言われたことに面食らうとともに、両親が内密に協議を進め、日時まで一方的に決定してしまったことにひどく憤りを感じた。特に父親が、同居しているにもかかわらず、何も語らなかったことが許せなかった。しかし、河野家に同居するようになって家庭内の事情をすでにわきまえていた薫は、離婚届の証人になることを承諾し、結局は母親の要望のとおり今日自宅で署名することに決まったのである。

四人が食卓についた。流し台側に久美と麻美が腰かけ、反対側の席に達也と薫が座った。達也と久美ははす向かいに位置して、正面で顔が合わないように、久美のひそかな計算であった。

離婚届の用紙は、母親から頼まれて、麻美が用意した。用紙はインターネットからダウンロードし、プリントして簡便に済ますのも可能だった。しかし、自分の人生にも大きな影響を及ぼすことなので、手間を省くのは望まず、一昨日わざわざ市役所まで出かけて、備え付けの用紙を受領してきたものだった。

麻美はクリアファイルから離婚届の用紙を取り出すと、おもむろにテーブルの上に広げた。久美が待ちかねたように、用紙を自分の前まで持ってくると、ハンドバッグから老眼鏡と万年筆を取り出して、必要項目を迷うことなく書き進めた。

すでに故人となっている達也の両親の名前や結婚生活の年数などの項目を、躊躇することなく埋めていく母親の姿に、こうして結婚生活があっさりと終焉を迎えるのだと、麻美はとらえどころのない悲しみを抱かずにはいられなかった。

署名まで済ませた久美は、はす向かいの夫に用紙を差し出した。達也は用紙を手に取ると、くまなく目を通すので、それが麻美にはできるだけ時間を稼ごうとする印象をもたらした。皆は口を閉ざして見つめていたが、しびれを切らした久美が咳払いをした。

「そろそろ署名してほしい。茨城へ帰る電車の時刻が決まっている」

久美の言葉に達也は我に返り、ようやく署名に取りかかろうとする気になるが、手元にペンがないのが分かり、周辺を探した。久美が署名に使用した万年筆は彼女のもので、とうにバッグにしまわれていた。業を煮やした麻美が自分のバッグからペンを取り出して、父親に渡した。周囲の注目の下、達也がようやく署名を終え、テーブルに用紙を滑らせて薫に渡した。

薫はあらかじめ記入欄を知っていたので直ちに署名すると、トランプのジョーカーを追いやるようにはす向かいの麻美へすばやく用紙を移動させた。麻美が受け取った用紙をあらためて見入ると、指をこわばらせて書いた父の文字が歪んで、いつもの筆跡と異なっていた。一瞬胸を詰まらせたが、覚悟を決めてペンを取り、ペン習字の成果を試すように自分の名前を丁寧に記入し、それからしばらく間をおいて、こう宣言した。

「これで皆さんの署名が終わり、正式に離婚の合意に至りました。この書類は私が責任をもって市役所に提出します。パパとママは長い間夫婦としてご苦労様でした」

目にうっすらと涙を浮かべた麻美が一本調子で言い、仰々しく頭を下げると、それにつられて皆も頭を下げた。麻美は記入された離婚届をクリアファイルにしまい、一時的にリビングのテーブルに置いた。

薫が食卓からペンなどを片づけてから、お茶の用意に取りかかった。紅茶が配られると、久美がウェッジウッドのティーカップに指で触れ、ワイルドストロベリーの絵柄を懐かしそうに見入るのを達也は見逃さなかった。ティーカップとソーサーは、二人で輸入食器専門店へわざわざ出かけ、たっぷり時間をかけて選んだ思い出の品だった。達也はさまざまな思いで感情があふれそうになるのを、紅茶を口に含んでなんとかやり過ごした。

久美が湿っぽい雰囲気から逃れようと、意識して明るい声で言った。

「みんなが揃ったせっかくの機会だから、それぞれの最近の様子を話すことにしましょうよ。思い出になるわ」

薫と顔を見合わせた麻美が一瞬口を尖らせたが、すぐに引っ込めた。母親のせっかくの提案なので、無下に断りたくない。重大なことはすぐに思い当たった。薫との関係がどんなものであるか両親のいずれもうすうす分かっているとはいえ、二人が別れる深刻な場でわざわざ憂慮させるようなことを話すべきかと迷った。薫をうかがうと泰然としていて、麻美の弱気がますます募った。

「突然なことで、何を話そうかと皆さんが迷っているようなので、私から話します」

と久美は胸を張って言った。麻美と薫はまじまじと見つめたが、達也は平然としていた。

「長い時間をかけて翻訳した小説の出版が正式に決まりました。来年の夏頃に本になります」

「素晴らしい」

麻美が歓声を上げ、薫は「おめでとうございます」と軽く頭を下げた。達也は笑顔で拍手を送った。母親の活躍に勢いを得て、麻美は思い迷っていたことをとうとう口にした。

「私たちがこの家に住んでしばらく経ち、パパもママも気づいていると思うけど、薫は私にとって大事な人です。これからもずっと一緒にいたい。そうよね、薫」

「二人で生きて行きたいと考えています」

顔を赤らめる麻美を見ながら、冷静な薫が言い足した。娘の唐突な宣言に困惑した両親は黙るほかはなかった。気軽に感想を言えるような問題ではない。久美は娘が思いがけなく見せた幼さに面食らい、戸惑いを隠せなかった。

「ところで、あの人はどうなった？」

久美からの遠慮ない質問に、麻美の顔から表情が消えた。

「恭平のこと？」

「そうよ」

「仙台で逮捕された」

娘の一言に達也と久美は驚愕した。達也はこれまでの経過を踏まえ、知り得る後藤恭平の性格と行動から推量し、冗談めかして訊ねた。

「もしかして、またよその家に不法侵入したのかな？」

「うん、こんどはもっと悪質みたい」

恭平の逮捕を知らせてくれたのは、麻美が名古屋の会社に勤務していた際に、ただ一人気を許せた元同僚の女性で、短期間ではあるが麻美と同様に恭平につきまとわれた経験があった。

彼女によると、将来支店を仙台に設置する構想の下、恭平が市場調査の目的で現地に数日間滞在することになった。仕事を遂行する傍ら、彼好みの女性に出会い、後をつけて住まいを確認するという行動を取った。翌日、家に誰もいないのを確認して、たまたま施錠されていなかった裏口から侵入すると、女性の部屋に押し入った。個人の秘密に異常な関心を示す恭平は、机の引き出しに手帳とカードケースがあるのを発見し、それらを持ち去ろうとしたところへ、帰宅した家族に発見され、通報を受けて駆けつけた警察官によって逮捕された。カードケースには健康保険証やクレジットカードが入っており、不法侵入の他に嫌疑がさらに深まった。県警の捜査により、今回が初犯でないことが判明し、今も勾留されている。後藤一族は大騒ぎとなり、事業どころの状態にないという。元同僚は話の最後に「いい気味だ」と結んだが、麻美もまったく同感であった。

達也は一部始終を聞き終えて、何か思い出したらしく、沈痛な表情の娘を慰めた。

「これで麻美はもう恭平につきまとわれないですむ。これからは気持ちを軽くして生きて行こう」

「うん」

麻美はかろうじて返事をしたが、今までの忌まわしい記憶がよみがえって不意に両目から涙をこぼした。テーブルの向こうの薫が両腕を伸ばして、麻実の手を包み泣き止むのを待った。

「あなたの近況はまだ聞いていなかった」

と、久美はその場の空気を変えるように、達也に訊ねた。達也ははにかんで目を逸らしたが、すぐに視線を戻すと真顔で答えた。

「ご承知のとおり、会社の状態がよくない。これを立て直すのが急務だ」

「後藤一族のせいで経営が苦しいの？」

「彼らのせいばかりでない。市場の主要部分を大手企業に独占され、我々中小企業の活躍する場がどんどん狭くなっている。事業の見直しは必須だ」

まだ役員の籍が抜けていない久美は真剣に聞いていたが、さらに心配事を訊ねた。

「それで、あなた自身は大丈夫なの？　体に異常はない？」

「ご覧のとおり問題はない」

と、達也は明確に答えた。すると横から麻美が口を挟んだ。

「体はともかく、お父さんは依存症のカウンセリングを受けたほうがいい。女の人のことでママをさんざん泣かせたのだから、もともと問題があるに決まっている。人生を見つめ直す意味で、一度受診してみるべきだわ」

娘の突飛な発言に達也と久美は眉をひそめた。久美は達也が怒り出さないのを意外に思った。今までの彼であれば怒鳴って席を立っても不思議ではなく、感情をむき出しにしてこの場を台無しにするおそれもあった。そんな状況はなんとか避けなければいけない。久美はそこまで考えていると、ふとある用事を思い出した。床に置いたハンドバッグを拾い上げ、中を探ってあるものを取り出した。

「これを返すのを忘れていたわ」

久美が差し出したのは、玄関の電子キーであった。鍵は、金メッキされたバッグキークリップにつなげられている。クリップの頭部は七宝焼で、フクロウの図柄が施されていた。麻美と薫はしばらくそれをのぞき込んだ。

「結婚を解消して、この家の人間ではなくなった以上は、お返しします」

「わざわざそうすることはない。今までのとおり、君が持っていればいい。好きなときに来られるように」

達也は薫の視線を気にしながら、久美に言った。久美はそれにかまわず、言葉を続けた。

「このキークリップを買ったとき、パパ用に同じ図柄の七宝焼のキーホルダーも購入したの」

達也は自分のことを、久美が娘の前で「パパ」と呼ぶのを久しぶりに聞いて、胸が疼いた。久美は達也のそんな様子に気づかず、話を続けた。

「でも、パパはいつの間にかどこかに失くしてしまった。それが残念だった」

「失くした場所は、その当時付き合っていた女の人のところだったりして」

「パパを貶《おとし》めるようなことは言わないの」と久美は娘をたしなめ、窓の方へ視線を向けて呟いた。

「でも、それも今となっては懐かしい」

達也は薫が何か言い出すのではと憂慮していたが、黙っているので、ひそかに感謝した。

麻美がキークリップを手に取って無邪気に揺らしていたが、思いついたように言った。

「薫はもう家族なのだから、ママの代わりにこのキーを使ってもいいでしょう」

「そうね……」久美は即答をせず、斜め向かいにいる人物の顔色をうかがった。達也が黙ってうなずいたので、決心がついたように口を開いた。

「はい、それではお渡しします」

「お預かりします」

薫はそう言うと、両手で久美からクリップのついた電子キーを受け取り、しげしげと眺めた。キークリップの頭部についた七宝焼には傷一つなく、久美が大事にしてきたことがよく分かった。

久美は今日なすべきことがすべて終わって気が抜け、ふらふらと立ち上がってバルコニーへ向かった。もう久美とは会えないかもしれないというおそれが達也を突き動かし、躊躇することなく彼女の後を追わせた。

久美はバルコニーの手すりにもたれて、かすかな風に髪が乱れるのを手で押さえながら、眼下の景色を眺めていた。達也が近づくと振り返り、静かな微笑を浮かべた。達也はもう妻でないひとりの女にぎこちなく語りかけた。

「風が冷たくないか」

「大丈夫。部屋の中にいてほてった顔には、かえって気持ちがいい」

と久美が言って、また街並みを見下ろした。達也も隣に並んで風景を眺めた。久美が自問するかのようにぽつりと呟いた。

「あの二人はこれからどうするのだろう」

「親が悪い手本しか見せられなかったから、こうなってしまったのかもしれない」

「特にあなたはひどかった」と言って久美は妻の顔に戻り、いたずらっぽく笑みを浮かべたが、すぐに母親の表情に戻った。そして続けて言った。

「あの娘《こ》たちはちゃんとやっていけるのかしら」

「どうだか。厳しい事態に直面する機会が多くなるだろうね。あの歳になれば、親の意見に従うはずがないし、盲目的に従ってもらっても困る。娘の人生なのだから、自分で選択するしかないさ。その結果、失敗しても自分で痛みを受け入れる必要がある。親が出来るのは、ただ見守ってやるだけだ」

「そうね」と久美は寂しげな声で同調し、懺悔するように言った。「麻美のことをすっかりあなたに押しつけたような形になってしまって悪いわ」

「かまわないさ。娘のことはこれまでいつも君に任せきりだった」

「家庭を放り出し、我を通して翻訳に専念してごめんなさいね」

「いいんだ、君の人生だ。僕のせいでさんざん寄り道をさせたが、これからは自分の選んだ道をまっすぐ歩んでほしい」

二人が黙りこくると、遠方の河川敷のグラウンドから、野球の練習をする少年たちの掛け声が風に乗って届いた。達也にはそれがいつも同じような声に聞こえたが、野球部員たちは毎年メンバーが入れ替わるので、同じはずがない。慢心しているからそれに気づかない。時間はゆっくり流れ、今日は昨日と大差ないと思っても、着実に変化している。達也は自分と妻が過ごした時間を思い、いつの間にかできた隔たりに茫然とするしかなかった。

久美が、依然として街の景色を眺めながら、惜しむように呟いた。

「このバルコニーからの風景も今日で見納めね」

「あそこの空き地で、いよいよマンションの建設がはじまった」

「どんなマンションが建つのかしら」

「青空が広く見えるバルコニー付きの部屋は、向こうには計画されていない。ありきたりなマンションのようだ」

「そうよね、私たちが選んだマンションのほうが断然素晴らしいに決まっている。でもあのマンションが完成しても、ここから見られないので、それが心残りだわ」

「好きなときにここへ来て、確かめればいいさ」と達也がなんの問題もないように、さりげなく言った。「君の訪問はいつでも大歓迎だ」

「それではお言葉に甘えて、そうさせてもらうわ」

「約束だよ」

と達也が念を押すと、二人は顔を見合わせ、大学生の頃のように笑い出した。

リビングの固定電話が鳴り、麻美が応対しているのがバルコニーにいる二人に聞こえた。抑揚のない受け答えが、芳《かんば》しくない内容を滲ませていた。電話を保留にした麻美が、バルコニーに姿を見せた。

「お父さん、電話」

「どこから」

「戸田さんの病院から」

思春期に突発的に発病し、夜間特別に診てもらった経験のある麻美は、父親が悪友と言うこの人物に対して、母親ほど悪い感情は持っていなかった。二人を見比べながら、要件を伝えた。

「なんでも西城さんという人が怪我をしたから、迎えに来てほしいって。携帯に何度も電話したのだけれど出ないので、やむなく固定電話へかけたそうよ」

麻美の言葉に強く反応したのは久美で、みるみるうちに顔色を変えた。気まずい思いで達也はゆっくりとリビングに向かい、低い声でぼそぼそとしばらく話し込んだ。バルコニーに残された久美もリビングに戻り、様子をうかがっていた。やがて達也は受話器を置いたが、久美の厳しい視線が待ち受けていた。

「西城さんというのは、ラウンジでピアノを弾いている人でしょう。まだ関係が続いていたなんて、呆れるわ」

怒気をあらわにした母親の発言から、麻美は父親の女性関係だとにわかに悟った。その口調に、どこか哀しみの心情が滲んでいるように感じた。しかし、もうすべて終わったことだと考え、気を揉んだことを後悔した。そばに来た薫に目で合図して、カップが残っている食卓を片付け始めた。達也が何も弁明しないでいると、業を煮やした久美が珍しく感情を高ぶらせて言い放った。

「その人は今困っているのでしょう。だったら行ってあげなさいよ。私に気兼ねなんかいらないわ。もう夫婦ではないのだもの」

久美の強い調子に押され、それから間もなく達也は戸田の病院へ車を走らせた。

後日、離婚届は麻美の手により市役所に提出された。記載内容に瑕疵《かし》のない届けは問題なく受理され、正式に達也と久美は別々の人生を歩むことになった。

二十一

離婚してから、達也は月日の流れが早いものに感じられた。

事業は、不満を表明していた社員たちが抜けたことによってむしろ社員間の結束が強まり、意思の疎通が図れて働きやすい職場になった。相変わらず事業は低迷したが、社長が社内にこもってばかりいないで、自らセールスへ出かけ忙しく動き回っているのが、会社の内外で好感をもって迎えられた。その甲斐もあり、年末年始の売上は何とか前年を維持することができ、危機的な状況はひとまず回避された。年があらたまると、経営の専門家を交え銀行の大槻と協議して、会社の再建計画を練り直した。それが完成した際は関係者の承認を得て、本格的に再出発へ歩むことに決まった。

家庭内では、達也が茨城の久美と連絡を取ることはもうなかった。娘の麻美が母親と電話でやり取りをしていたが、同居する薫との生活を優先させ、自身も最寄りの駅から二駅離れたスーパーマーケットで働いて毎日を忙しく過ごしていたので、母親と連絡をとる頻度は次第に減少した。

達也の家庭に同居して半年が経過した薫は、再起を期して軽貨物の配送の仕事に就いたが、一時体調を崩したこともあって程なくして退職した。薫の人柄を疑わなくなった達也が、人手が不足する自分の会社で働くことを提案すると、麻美は難色をしめしたが、薫自身はあっさりこれに応じ、瞬く間に職場に順応して貴重な戦力となった。

西城祐子とのその後は、しばらく達也を苦しめ、癒やしがたい記憶として残った。

知らぬ間に、祐子は達也を捨て、金回りのいい病院長の萩原に乗り換えていた。萩原は甘えてくる祐子にのぼせて、家庭をないがしろにするようになった。萩原は婿養子で、明治時代から医者の家系に育った夫人はプライドが高く、よその女に夢中になった夫とピアノ弾きの女が許せなかった。
達也が離婚届に署名したあの日、萩原夫人は栃木県から上京し、祐子のマンションに乗り込んで、関係を断つように迫った。言い争いが高じてもみ合いになり、その勢いでピアノ室の片隅にあるガラスの飾り棚が倒れ、二人ともその下敷きになって負傷した。救急車で病院に運ばれたのが偶然にも戸田の病院で、休日出勤していた院長の戸田から手当てを受けた。萩原夫人は打撲だけで済んだが、祐子は腰を打ったほかに、割れたガラスで上腕に裂傷を負い、ピアノ演奏への影響が懸念されるほど深刻だった。世間体を気にする二人は、刑事事件になることを回避した。入院することなく帰宅を許され、萩原夫人は東京の親戚に迎えに来てもらったが、祐子には助けてくれる友人はなく、達也に頼るほかはなかった。祐子は治療に専念したが、ショックを引きずり、静養のため福岡の実家に帰省した。そうして彼女との関係は自然消滅した。

六月初旬の日曜日、麻美と薫は新宿まで買い物に出かけ、達也がひとり家に残っていた。昼近い時間にチャイムが鳴ったので、エントランスのモニター画面で確認すると、三十代半ばの生真面目そうな女性が立っていた。

「根本久美さんのお宅でしょうか？」

「……はい」

「出版社に勤務する見崎と申します。失礼ですがご主人様でいらっしゃいますか」

「ええ」

「先生はご在宅でございましょうか」

「茨城の実家に行っています。当分こちらには戻りません」

「……そうですか」と言って見崎はしばらく考え込んだが、意を決したように現在直面している問題を達也に打ち明けた。「実は先生とは連絡が取れず、困っております。つきましてはご主人様にご相談があるのですが」

「ロビーの応接でお会いしましょう」

見崎の真剣な眼差しに引き寄せられ、達也は警戒することなく面会に応じた。

応接家具が設置された一階のロビーに達也が行くと、ソファに腰かけていた小柄な女性が立ち上がった。出版社の名前が印刷された包みが傍らにあるのが見えた。型どおりの挨拶を交わすと、二人は向かい合って座った。

見崎は在籍する編集部の説明から始めた。彼女が所属するのは、米国のロマンス小説の翻訳を手掛ける編集部で、出版された一連の作品群はすでに十年以上の実績を誇り、固定の読者を有している。今回、気鋭のアメリカ人女性の作品を取り上げることになり、それにふさわしい翻訳者を探していた。その際、事務文書を的確に訳すばかりでなく、子どもを亡くした母親のエッセイを繊細な言葉遣いに置き換え、多くの読者の感動を呼ぶなど根本久美の翻訳に注目が集まり、編集部の中で起用について前向きに検討が行われた。

「根本先生のキャリアは短いですが、十分な人生経験を積んでおられ、それに裏打ちされた素敵な翻訳ができるのではないかと判断しました」

仕事の依頼を受けた久美はつつがなく作業を進め、完成された原稿は編集部の期待を裏切らなかった。

「会社の会議で出版が正式に決定しました。それはご存じでしたか？」

「ええ、久美から聞いて知っております。『自分の名前で翻訳が世に出て、人生の夢が叶う』と彼女は非常に喜んでいました」

達也は前妻の活躍を喜び、誇らしく思った。それを受けて見崎が、眉根を寄せて困ったという表情で話を継いだ。

「編集作業を進め、最終の校正を先生に確認していただこうとしたのですが、連絡がつかないのです。携帯にも電子メールにも反応してくれません。それでお宅までお邪魔させていただきました」

「彼女は最近気難しいところがあって、仕事にのめり込むと、他のことはいっさい眼中に入らなくなるのです。茨城には家族も寄せ付けず、大変困っております」

達也は後頭部をかきながら、久美の代わりに謝った。新人の文筆関係者は、今後の受注に関わるので、出版社には真摯な対応が必要だと判断した。久美のためになるのなら、頭を下げるのも苦ではなかった。

「そこで厚かましいお願いなのですが、こちらを先生にお届けいただきたいのです」

見崎が傍らにあった小包から印刷物を取り出して見せた。校正紙《ゲラ》と呼ばれる紙面には印刷の文字が端正に並んでいて、達也は当事者でなくてもその美しさに素直に感動した。久美は茨城の古い家にこもり、アメリカ人作家の作品を、一単語ごとに吟味して翻訳作業を続けたにちがいない。達也は作業を完遂させるのだという彼女の執念を感じるとともに、そのとき胸中に去来する思いは何だったのかと想像すると苦しくなった。久美の手助けをして、出版にこぎつけたいという思いが募った。達也は見崎の頼みを引き受けることにした。

見崎と別れて自室に戻り、ソファのテーブルに小包を置き、しばらくの間それを眺めた。カーテンを開けた窓の外に目を向けると、無人のバルコニーが視界に入った。そこには夏本番を控えた太陽の光がたっぷり注ぎ込み、達也は部屋にいても思わず目を細めた。バルコニーの空間には見ることのできない大きな力が介在し、自分の背中を押し出すような錯覚に陥ったが、凡庸な達也にはそれを上手く表現できなかった。

達也は覚悟を決めて久美のスマートフォンに電話をかけたが、電源が切られているのか通じなかった。頑な態度で過ごす久美の日常に思いを馳せた。茨城まで出かけて直接手渡すことも考えられるが、そこから生じるあらたな感情の軋轢《あつれき》を考え、つい気持ちが怯んでしまう自分を情けなく思った。

新宿へ買い物に行っていた麻美と薫が帰宅した。麻美はソファでだらける父親を目にして小言を言いかけたが、テーブルの上にあるものに気づき、それが何であるかを訊ね、父親の説明に聞き入った。

「私が行って渡すよ。久しぶりにママに会いたい」

最近は何事も自分と薫の生活を優先する娘がごく自然に申し出たので、達也はとにかく速やかに渡すことを優先する必要があると考え、小包を手渡して依頼した。

翌日の早朝、麻美は薫が運転する父親の車で茨城へ向かった。公然と仕事を休めるのを喜び、二人は買ったばかりの服を着て、コーヒーを入れたステンレスポットを携行して、まるでドライブ旅行へ出かけるような調子であった。

早い時刻に出発したにもかかわらず、昼を過ぎても連絡がないことを、達也は怪訝に思った。

「お父さん」

午後三時少し前に、ようやく麻美から電話があった。

「ママが市民病院に入院している」

娘の悲痛な声がスマートフォンから聞こえた。

「どこが悪い」

「どうもがんらしい。近いうちに水戸の大きい病院へ移る」

涙ぐむ麻美が途切れ途切れに話すのを聞いて、達也は絶句した。久美は十カ月ほど前から体に異変を感じ市民病院を受診したが原因が判明せず、間遠ながらも通院を続け、検査を繰り返した。最近になってある腫瘍マーカーが異常値を示し、たまたま交代した担当医ががんを疑い、水戸にある専門病院を受診するように紹介状を出した。その結果、悪性腫瘍の疑いが濃厚となった。あいにく水戸の病院にベッドの空きがなく、市民病院に仮入院にし、転院する時機を待つしかなかった。

「久美はなぜ教えてくれなかった」

「分からない」

我知らず声に出した達也の問いに、麻美が思わず反応したが、彼女もまた理由が分からなかった。

達也はこの一年間の久美とのやり取りを思い出してみた。離婚届に署名した際の久美は具合が悪いのが明らかで、そこに同席する誰もが心配した。それ以前も、ときおりよこした電話で、話すのが辛いのではと思わせるほど声の調子が悪かった。想起すると、バルコニーで二人だけのパーティーで別れ話をいきなり提案された際に、久美は料理をあまり食べていないのにもかかわらず、横腹を押さえていた。あのときは、感情に任せて口論に走ったので、妻の微細な変化をやり過ごしてしまったが、それががんの兆候だと認識すれば、もっと早くから対処できていたのにと大いに悔やまれた。

達也は体を何者かに押さえつけられたような息苦しさに襲われながらも、麻美たちを茨城に行かせた理由をようやく思い出して訊ねた。

「出版社の小包はどうした？」

「うん、渡した。ママは胸に抱きしめ、『ようやくここまで来た』と涙を浮かべながら喜んだ。でも痛みが走って苦しみ出して、すぐに脇へどけるしかなかった」

悲哀に満ちた麻美がかろうじて答えた。


あくる日、達也は久美が入院する茨城の市民病院に駆けつけた。

病院は、市がまだ町だったころから町立病院として存在し、いくつかの町が合併して市へ移行した際に市民病院となり、地域医療の中心的な役割を果たした。十五年ほど前に改築して、病床が百床ほどに拡大し、中核病院として運営されていた。ところが、景気後退により市の予算が削減され、その余波が病院にまで及んでいた。利用患者の減少が著しい診療科目が閉鎖されたこともあって、病院の存亡の噂が絶えないことを、達也はインターネットの記事で知った。

達也が建物の玄関に入ると、昼過ぎという時間帯のせいもあって、ホールは閑散としていた。壁に掲げられた診療科目の案内板はこの建物が新しくなった際に制作され、それ以降差し替えていないようで、閉鎖された診療科目のところにはテープを貼って目隠しをし、その対処にわびしさが伝わってきた。

達也は久美が入院しているのは内科だと麻美から聞いていたので、案内図で内科病棟の位置を確かめてからそちらに向かった。内科病棟のナースステーションまで来ると、カウンター内で中年女性の看護師が作業をしていたので、達也は近くまで行って声をかけた。

「河野と申します。根本久美に面会したいのですが」

「患者様とはどのようなご関係ですか？」

「夫です。ただ、離婚したので正確には元の夫ということになります」

看護師はまじまじと達也を見つめ、真偽を見極めようと努めた。判断に迷っていたが、やがてきっぱり言った。

「患者様より、お見舞いに来られても、どなたにもお会いしたくないと従前から承っています。ですので、お引き取りください」

「久美に会えた娘から教えられて、いてもたってもいられず、ここに来ました。なんとかならないでしょうか」

達也の熱意に負けて、看護師が久美に確認しに行き、しばらくして戻ってきた。

「やはりお会いしたくないそうです」

「なぜ許されないのですか。憎み合って離婚したわけではないのです」

「気持ちの整理がつかないから、お会いしたくないそうです」

それを聞いた達也は茫然と立ち尽くした。久美がこちらの気持ちが分からない薄情な人間だとは思ってもみなかった。離婚をしてたちまち他人の扱いを受けたことに言いようのない口惜しさが湧き上がった。看護師が久美の苦境を代わって吐露した。

「根本さんもつらいのです。家庭を捨ててまでして自分が望んだことに本格的に取りかったのに、その途端病気を患い、続けるのが困難となった。家族に会わせる顔がないと、ベッドでずいぶん泣いていました。奥様の悔しさを理解してあげてください」

看護師は感情が収まらない達也を諄々《じゅんじゅん》と諭した。達也は面会を許されないのならば、制止を振り切ってでも病室へ押しかけるつもりでいたが、看護師の言葉にすっかり気勢をそがれ、押し黙って廊下の奥の病室に目をやった。看護師が言い足す。

「根本さんはこれから心身に負担が大きくのしかかります」

「やはり久美はがんなのですか」

「娘さんからそのようにお聞きになりましたか」

「ええ」

達也がそう返事をすると、看護師はちょっと考え込んでから言った。

「腫瘍が疑われているようです」

「だから専門病院へ転院するのですか」

「そのようです」

職務に忠実な看護師が、意気消沈する達也を励まし、エレベーターのところまで見送った。


久美に会うことができなかった達也は、病院からの帰り、海が見下ろせる高台の児童公園に車を停めた。ここは久美が幼少の頃からのお気に入りの遊び場所だということを、新婚当時彼女から聞いたのを記憶している。

久美の家庭は父親がよその女と他県へ出奔して、幼稚園に入園する前から不在だった。小学校教師の母親が遅い時刻まで帰宅せず、久美は寂しさを紛らわせるために、この公園でよく一人遊んだという。

とりわけブランコが好きで、座板に腰を下ろして勢いよく漕ぐと、彼方に海が見えた。

晴天の日は、澄んだ青空が面前まで迫ってきて、その空に吸い込まれそうな感じを覚えた。夏のもくもくと湧き上がる入道雲を見ると元気になり、もう少しでつかめるのではないかと錯覚するほど勇気を授けられた。曇天の日は物悲しかった。どんなに懸命に漕いでも、灰色の幕がそこにあるかのように跳ね返され、徐々に力は弱くなり、心は閉ざされた。そんな話を、達也は久美から聞いた。

達也は車を降り、公園内に足を踏み入れ、ブランコに腰かけた。わずかに漕ぐと、さざ波がゆっくり押し寄せる初夏の海が正面に広がっているのが見えた。達也は写真すら見たことのない久美の父親を思い浮かべてみた。

目鼻立ちこそはっきりしないが、人物像はなんとなく分かるような気がする。自分の好みの女性を見つけると、ひときわ親切になる。当人の日常のふるまいも、後ろめたさからやさしく振る舞った。妻は夫の態度の微妙な変化を察し、夫の新たな不実を感じ取って、陰ながら悲しみに暮れた。そんな母親のそばにいて、娘はうつむいて手をつなぐしかなかった。達也はそんな想像をすると、どこかで見たような光景に、思わずぞっとした。

地面にあるはずもなく、目には見えない幼少の久美の足跡にそっと足裏を重ねた。上を仰ぐと、青々とした空が広がっていた。達也は久美がこの場所で育んださまざまな想いを、できることならすべて共有したいと今さらながら望んだ。

市民病院から戻った三日後の夕方に、突然久美から電話がかかってきた。達也は事務所の社長室にこもって、経営の専門家と協議して作成した会社の再建計画の原案《ドラフト》を読み込んでいるところだった。息遣いが荒い電話の声が、それを黙って聞く達也の胸を締め付けた。久美は達也の周辺に人がいないのを訊ねてから話し始めた。

はじめに、達也が校正紙《ゲラ》を受け取り、麻美を介して届けてくれたことを感謝し、「出版社の見崎さんには承諾の旨をすでに知らせた」と話した。そして「先方には『体調を崩して入院したので、しばらくは連絡が途絶えがちになるかもしれないが、必ずこちらから知らせるので容赦願いたい』と伝えたので、当面はそちらに迷惑はかからないと思う」と付け足した。続いて、久美は夫婦が会話をするような声音に変えて話した。

「この前はお見舞いに来てくれたのに。会わなくてごめんなさい」

「ああ、会えなくてがっかりした」

達也がわざと不機嫌な返事をすると、元夫の真意をたちまち理解した久美は妻の頃のように笑い出したが、すぐに咳込んで達也は心配になった。

「あなたに会っていたら、泣いて涙が止まらなかったと思う。それが怖くて会えなかった」

「君がどれだけ苦しいか理解しているよ。余計なことは考えず、治療に専念してほしい」

久美が束の間沈黙したが、そうしたのは涙ぐんだためであることが達也には察せられた。

久美は湿っぽさを打ち払うように口を開いた。

「私の病気のことはどこまで知っているの」

「病院の看護師さんは詳しくは教えてくれなかった」

「私、卵巣がんを患っている。しかもかなり進行している」

二人の間を沈黙がしばらく支配した。達也は覚悟していたとはいえ、本人から告知されて言葉が出ず口の中が渇いた。久美のつらさを想像し、これから展開されるさまざまなことが脳裏をよぎった。

「それで明日、水戸にある専門の医療機関へ移ることになりました」

「明日だなんて、ずいぶん急だ。そちらへ行けるかな」

「来る必要はないわ。医療機関に搬送の手配を頼んだ」

できるだけ家族に迷惑をかけまいとする久美の性格が、今回も現れた。達也はスケジュール表を開いて予定を確認したが、あいにく明日は銀行員の大槻との面談が控えている。「やはり行けない」と伝えると、久美は「気にしないで」と返事をよこしたが、どことなく寂しさを漂わせていた。

二十二

久美が入院したのは、総合病院に併設されたがんセンターの病棟であった。

病院の主な建物は、正面玄関に最も近い外来棟と、一般の入院患者が入る本館は東棟と西棟に分かれ、そして腫瘍の治療を行うがん病棟に分かれる。そこへ到達するには、正面玄関から入り、迷路のように分岐した通路をいくつか通り抜ける必要があり、達也は初めてここへ来たとき、方向が分からず進路に迷ったほどであった。

数日前に病院から、「手術の前日に担当医がその内容を説明するから」と、来院を促す連絡があった。約束の時刻に達也たちが病院を訪問すると、救急車で担ぎ込まれた病人の緊急手術が入ったため、実際に説明が始まったのは予定時刻を大幅に遅れた夜の七時であった。達也と麻美が、スタッフステーションの横にあるパーテーションで仕切った小部屋に入ると、パソコンの画面を前にして中年の医師が座り、年長の看護師がそばに立って、二人を待っていた。医師は明日手術を担当する者だと名乗ると、達也たちに単刀直入に訊ねた。

「念のため、お名前を聞かせてください」

「河野達也と娘の麻美です」

画面に表示された患者名を見ていた医師は苗字が異なるのを聞いて、眉をひそめた。

「根本さんではないのですか」

医師の言葉に達也はため息をつきそうになった。同じ質問を浴びせられるたびに、家庭の事情を話さなければいけなかった。看護師が身を屈め、医師に「事情はうかがっている」と耳打ちしたので、医師はすぐに納得し、テーブル上のモニターへ画像を映して、久美の病状を語り始めた。

「腫瘍マーカーや、CT、MRIなどの検査から、残念ながら根本さんは卵巣がんの疑いが濃厚です」

と医師は検査の画像を親子に示しながら、説明した。

医師によると、卵巣を摘出して病理検査に回さなければ確定はできないが、がんにまず間違いはない。手術方法は、痛みのより少ない腹腔鏡やその他のものもあるが、腫瘍が大きいため開腹手術とすることに決まった。リンパ節などに浸潤している場合は、併せて切除するが、広範囲だと対応しきれないため、その後は化学療法を導入することになる、と説明がなされた。

「本人は痛みなどで体の異変になぜ気づかなかったのでしょうか」

「痛みを感じないのがこの病気の特徴です。かなり進行してから、腹水が溜まってお腹が膨れ、下腹部痛に襲われたりします」

達也の質問に、医師は明快に回答した。麻美はそれまでやり取りを手帳に記録していたが、次に発した父親の質問にペンの動きを止めた。

「手術をして、また元のように活動できますか」

「開腹して進行状況を確認しないと、何とも言えません。いずれにしてもご本人は大変つらい思いをなされるのですから、ご家族でケアをお願いします」

答えを明確に言わない医師の言葉を聞いて、感情を抑えきれなくなった麻美の両目から涙が流れるのを、隣の達也はどうにもできなかった。ポケットからハンカチを取り出して渡そうとしたが、それを制止して自分のバッグから取り出し、傍目を気にせず涙を拭った。

その後医師から、患部の手書きのイラストと専門用語で埋め尽くされた文書を手渡され、手術の方法やその危険性について説明を受けた上で、手術に同意する旨の署名を求められた。達也がそれにさっと目を通して娘に渡すと、麻美は最初熟読しようと試みたがすぐに諦め、父親と同じように急いで最後まで目で文字を追うと、覚悟を決めて署名した。

医師との面談が終わり、達也たちは病室へ行った。薫がベッド脇の椅子に腰かけて眠っている久美の様子を見守っていたが、二人が姿を見せると、すかさず立ち上がってその場を譲った。代わりに、麻美が疲れたように座り込み、憂いを湛えた眼差しで母親の寝顔に見入った。麻美の背後に立った達也は、病人をのぞき込んで様子が変わりのないことを確かめると窓際に移動し、何気なく病室を見回した。トイレが備え付けられた病室は、個室といえどもさほど広くなく、病人のほかに大人が三人いるだけでとても窮屈に感じた。久美の足元の方へ移動した薫が、達也に話しかけた。

「おばさんはさきほどまで私とおしゃべりしていましたが、疲れてお休みになっています」

「手術のことは心配していなかった？」

「いいえ、何もお話しにはなりませんでした。とても落ち着かれています」

「たいしたものだ。一般的に患者は手術が近くなるとひどく不安がるというのに、久美はそんな素振りを微塵も感じさせない」

と、達也は久美の寝顔を眺めながら思わず感想をもらした。それを聞いた麻美の癇に障ったようで、鋭くにらまれた。

「ママはずっと一人で病気と闘ってきたのよ。今だってつらくて仕方ないのに、私たちを心配させまいと頑張っているのを、他人事のような言い方をするなんて、ひどい」

「悪気があって言ったわけではない。気丈なママを褒めているのだ」

「冷やかしたのと同然よ。私はお父さんを許さない」

逆上した麻美は、この場にいるのが耐えられないとばかりにすっと立ち上がると、あふれる涙を指で拭いながら、病室を出て行った。その様子を見守っていた薫が達也を諫めるような一瞥をくれてから、後を追った。

病室に残った達也は椅子に座ると、ベッドの病人をあらためて眺めた。体がタオルケットで覆われ、顔だけしか見えない。白い枕カバーのせいもあって、化粧をしていない顔色はすぐれず、蝋人形が横たわっているような感じがした。

若い時分、久美と一緒に暮らすようになって、素顔を初めて目にしたとき、達也はつやつやした肌に感動して思わず指で触れたものだった。それから数年を経て産院で出産したとき、産んだばかりの麻美を傍らに、彼女はあふれる歓びで輝いていた。達也も祝福と感謝の気持ちを抑えきれず、両手で妻の手を愛おしむと、久美も清らかなうれし涙を流した。

それなのに現在の久美は生命の危機にさらされ、ベッドに弱々しく横たわっている。彼女から夢を奪い、日々の生活にエネルギーを消耗させ、あげくの果て病気を患わせたのは明らかに自分のせいなのだと達也は心から悔やんだ。うなだれて過ぎ去った出来事を回想する。自分の浮気で悩ますようなことはせず、義母の介護について協力し、希望する翻訳作業ができるように配慮していればこんな結果にならなかったかもしれない。できることなら眠っている久美を揺り起こし、詫びたいという衝動に駆られたが、そんなことをしてもなんにもならないのは明白なので、痛恨の想いを自分の中に強引に抑え込むしかなかった。

達也は自然と明日の手術のことを考える。医師の説明によれば手術は長時間に及ぶという。たとえそうであっても、がんの組織はすべて除去してほしい。愛おしさから、達也の手が久美の体に触れんばかりに近づいたときだった。

「入ってもいいですか？」

扉がわずかに引かれ、顔を出した薫が小声で問いかけてきたので、達也は我に返った。

入室を許すと、薫はそばにやってきた。

「おばさんにお変わりはありませんか？」

「相変わらず、穏やかに眠っている。……ところで、麻美はどうしています？」

「待合室にいます。泣き止んで、まだしょんぼりしていますが、だいぶ落ち着いたようです」

「近頃は情緒不安定で、まるで中学生みたいで困ったものだ」

「麻美は中学生や高校生の頃の話をよくします。おばさんから習った料理のことや一緒に出かけた旅行のことなど」

「昔を懐かしんでも仕方ないのに。現実にしっかり向き合ってもらわないと」

達也は短絡的に言ったが、自分もまたその傾向にあることを理解した。気まずくなって口をつぐみ、ベッドの久美を見つめた。

達也は、手術が成功して、ひとまず危険な状態から脱したと判断できるまでどのくらい時間が必要なのだろうかと自問した。手術後もできるだけ久美のそばにいてやりたかったが、仕事があってそういう訳にもいかなかった。

「明後日の朝には帰らなければならない」

と達也は薫に告げた。薫は不意を突かれたように驚き、非難めいた表情を浮かべた。

「何か外せない用事があるのですか」

「午後に大事な商談が控えている。まとまれば売上に大幅な伸びが見込める」

「そうですか」

薫は会社の窮状を知っているだけに、咎めるような表情は消え、固い声で返事をした。麻美にも伝えなければいけないが、薫のような反応はまず期待できなかった。後で知ることになる久美の落胆ぶりを想像すると、達也の気持ちがさらに滅入った。

二十三

手術の日の朝、達也は麻美と薫の三人で久美の病室を訪れた。手術室へ行く準備が看護師によってすでに整えられ、何することなく久美は天井を見上げて横たわっていた。個室に三人が姿を見せると、久美ははにかむように微笑んだ。麻美が真っ先にベッドへ歩み寄って椅子に座ると、タオルケットから出た久美の手をさすりながら、「ママ心配ないからね」と声をかけたが、達也にはそれが、娘が自分自身に向かって言っているように聞こえてならなかった。

それから二人は雑談を始めた。自宅マンションの近くの公園に植えられたヒマワリが例年になく育ちが早いこと、テレビで見た温泉に薫を含めみんなで旅行したいなどと、いずれも取るに足らないものばかりであった。久美は弱々しい声で適当に相槌を打っていたが、厭な顔をすることはなかった。

達也はわずかしか開かない外倒しの窓のそばに立って、二人の話を聞いていたが、倦んでときおり視線を外に向けた。建物の外側は幅の狭いベランダを巡らせ、建物の管理者以外の者が立ち入りできない。風雨にさらされて土埃が集積し、清潔な病院には似つかわしくないような汚れ方だった。

達也が窓外を見ていると、二羽の土鳩が次々と舞い降りた。つかず離れずにベランダの手すりにとまった姿から、つがいの鳩だと分かった。二羽が向き合っているかと思うと、一羽がよそを向き相手を無視する動作を取った。それでも相手は諦めず見やるが、とうとう諦め同じ方向を眺める。不意に一羽が飛び立った。残された鳩は首を傾け、手すりに止まっている。もう戻って来ないのだろうかと、達也は人知れずおそれた。……飛び去った鳩が再びベランダの手すりに舞い降りた。二羽は前と同じ距離を保っている。そして達也が目を離したすきに、二羽は飛び立った。二羽が共に行動したのか、それとも別々だったのかは分からず、達也の胸にはなんとも言えない憂いが宿った。薫が達也のそばに来て、久美たちに気づかれぬように耳打ちした。

「おじさん、顔色が悪いですが、大丈夫ですか？」

「うん、心配しなくていい」

達也はかろうじて答えた。

手術室へ移動するまで時間がさほどなくなると、母親を独占する麻美の肩を薫が指でついて室外へ連れ出したので、病室には久美と達也の二人きりになった。達也は麻美が座っていた椅子に腰を下ろし、横たわる久美を見つめた。化粧していない久美の顔はやつれてはいるものの、手術への覚悟ができたのか、思いがけなく平穏な表情をしていた。達也は少しだけ安心したが、それでも不安は拭えなかった。達也は気休めにすぎない言葉をかけるのが精一杯だった。

「手術は全身麻酔だから、痛みは感じないらしい」

「そうであってほしいわ。でも、目が覚めたらひどく痛むのでしょうね」

天井を見つめる久美がぽつりと言った。達也はもっと心休まる言葉を投げかけてやりたいと強く願ったがすぐには思いつかず、そんな自分にこのうえなく落胆した。それでも元気づける話題はないかと懸命に考えていると、インターネットの検索で見つけたある記事を思い出した。

「君が翻訳した小説の作者は、君と同年代のアメリカ人女性だったよね」

「あら、よく知っているわね」

「その人が最近新作を発表したそうじゃないか。本国ではたいそう評判のようだ」

「そのようね。日本ではいくつかの出版社が翻訳権を巡って争っているみたい」

「見崎さんの出版社が版権を取得すると、翻訳を担当するのは当然君だろうね」

「生きていたらね」

達也はその言葉に驚愕し、ベッドの久美を見ると、彼女の目から涙がこぼれていた。

「なぜ病気なんか患ってしまったのだろう」久美は天井を向いたまま、嗚咽を漏らした。

「とても悔しい」

「ああ、僕もだ。僕も本当に悔しい」

達也は胸が塞がり、感情のまま振る舞いたかったが、久美の手前かろうじてこらえた。

タオルケットからはみ出た彼女の片手を握ろうとすると、久美は反射的に引っ込めかけたがすぐに力を抜き、されるがままになった。

　それは弾力のない手で、達也をたいそう戸惑わせた。馴れ親しんだ温みのある柔らかさは失せ、冷たくてこちらの体温をたちまち奪ってしまいそうで、まるで別人のもののように感じた。久美の手はいつからこんなふうになってしまったのだろうかと達也は嘆かないではいられなかった。指を絡めて手を握ったところ、久美の指がかすかに反応した。達也は両手で彼女の手を包み、わずかでも温もりを与えようと試みたが、はからずも目頭が熱くなって涙が手の甲にこぼれた。

　それからほどなく、久美はストレッチャーに乗せられ、看護師たちによって手術室に運ばれた。ストレッチャーについて行った三人は、久美が手術室の扉の向こうに消えてからもしばらくはそこを動けなかった。


　手術の間、三人は近くのベンチで待機した。久美が手術室に入って間もなくは、手術台に乗せられ麻酔をかけられただろうか、そろそろ執刀された頃だろうか、切除されるのは何カ所だろうかと、とりとめない会話がなされた。主に麻美が口を開き、薫と達也が答える。麻美はあるときは強気になって手術の成功を疑わず、それからたいした時間が経たないうちにこんどは弱気になり、最悪の事態を想像して極度に怯え、達也と薫をしばしば困らせた。そして麻美は、「ママの本を読みたいから、発売される八月下旬に早くならないか」と、子どものような気ままな発言をし、達也たちを苦笑させた。

さすがに話し疲れた麻美はしばらく口を閉ざしたが、ふと大事なことを思いついて急に父親に問いかけた。

「退院したらママはどこで暮らすの？」

手術の成功を念じていた達也は、気の早い麻美から思ってもみなかったことを質問されて、率直なところ困惑せずにいられなかった。なるほど、それはいずれ真剣に検討しなければいけない重要事項である。すると、麻美が重大な発見でもしたかのように声高に言った。

「おばあちゃんの家で、薫と私がママの面倒をみる」

「それは容易なことではないぞ」

達也はさすがに反対した。久美が住む義母の家は、什器や備品がおしなべて古く、最新の快適な生活環境に親しんだ若い二人がすぐ音を上げるのは目に見えていた。加えて、同じ県内とはいえ、義母の家と病院とはそれなりの距離があり、土地に不案内な二人が車に病人を乗せて通院するのは心配だった。

麻美はしばらく考え込んでから、疑わしそうに父親へ問いただした。

「もしかしてお父さんは、ママを千葉に連れて帰ることを考えているの？」

「なぜそのように思う？」

「ママとよりを戻したいのでは」

「それはない。久美が望まないことをするようなことはしない」

父親は強く否定したが、それでも不審がる麻美は口を尖らせた。ちょうどそこへ手術室の扉が開き、看護師が出てきて、間もなく手術が終わると告げられたので、その話は立ち消えとなった。

手術室から出た久美は、集中治療室へ移送された。しばらくして、達也たちは事前説明があったのと同じ小部屋で、執刀医からシャーレに入れた患部組織の一部を示されながら、結果報告を受けた。

予定時間を大幅に超えての手術となり、計画どおり子宮と卵巣を切除したが、リンパ節のほかにいくつかの部位で浸潤が認められ、できるだけ除去に努めたものの、それにも限界があってやむなく縫合した。今後は化学療法の治療に委ねるしかないと医師は淡々と語った。達也にはそれがいつまで生きるか命の保証はできないと宣告されたような気がしてならなかった。麻美と二人で部屋を出たが、足取りが重くそこから先をなかなか進めなかった。廊下で待機していた薫がそばに歩み寄り、うなだれる麻美の肩を抱いた。

達也たちは集中治療室の窓越しに、酸素マスクを付けたベッドの上の久美を見守った。まだ麻酔が効いているはずであるが、ときおり苦しそうにうめいた。ベッド脇の生体情報モニターの数字が、呼吸に合わせ微細に動く。点滴スタンドからチューブが伸び、細った腕に注射の針が刺さっているが、ときおり薬液の注入が妨げられ、耳障りな警告音が鳴った。酸素吸入のマスクが取れれば、本人はわずかでも楽になるのだろうかと達也は思った。

一時間ほどして、回診に訪れた医師から、幸いなことに手術後の経過は問題なく、あらためて危急な処置を必要とするような事態は免れそうであるとの報告があった。まだ予断は許さないが、このまま順調に体力が回復すれば退院も早く、あとは通院治療となるとの医師の判断であった。

達也はその話を受けて、予定どおりの行動を取ることに決めた。ベンチで休息する麻美と薫に告げた。

「朝になったら、ひとまず千葉へ帰ってこようかと思う」

「なぜ、そんなことを言うの。ママが心配ではないの？」

想像したとおり、麻美が眉を吊り上げ、感情的になっているのをやり過ごし、達也は苦渋の決断を明らかにした。

「仕事で重要な人と会う予定がある」

「そんなことはキャンセルすればいいじゃない。……ねえ、薫。私の言っていることは間違っている？」

と麻美が急に薫に同意を求めた。話を向けられた薫は困惑して押し黙ったままであった。期待した返事が戻って来なかったので、麻美は頬を膨らませてあからさまに不満を表した。

「お父さんは、別れた女房の手術に付き合うのはほどほどにしたい。だから容態が安定しているので、そろそろ切り上げてもかまわないだろうと考えているのでは」

「そんなわけがあるものか」と達也は声を荒げて否定した。「私は誰よりも久美のことを心配している」

父親の言葉を信じない麻美は怒って、もう顔を合わせたくないとばかりに横を向いた。

夕方から降り始めた雨が、深夜になってさらに強まり、建物内までその音が届く。達也は自分が雨に打たれているように感じてならなかった。梅雨の季節が早く明けることを待ち望む気持ちになった。

二十四

翌朝、達也は集中治療室の前の廊下で麻美と薫の二人と別れた。麻美は依然として怒っていた。薄情な父親に腹を立て、悔しくて涙を浮かべ、天井を仰いだ。隣の薫が無言のまま、一礼をして送り出してくれたのが救いだった。

達也が病院を出発したのは明け方間もなくで、早く家を出る通勤者が目につき始めた頃だった。深夜とは異なり、気にならない程度の糠雨《ぬかあめ》で、車を運転してもときおりワイパーを動かせばよかった。それも県境を越えて千葉県に入った頃には雨はすっかり上がり、陽がさして明るくなった。時間に余裕があったので、予定どおり出社する前に自宅に寄って、着替えることにした。

地元に戻ると、見なれた光景も雨に洗われて達也の目には新鮮に映った。街路樹のイチョウの葉が光を受けてきらめいている。通勤の時刻はすでに過ぎて、歩道を行く人はさほど多くない。数台のデイサービスの送迎車が行き交い、高齢者を乗せると走り去った。

保育士に引率された園児たちがグループになって歩いている。何気ない平凡な風景が、達也の心に妙に沁みた。

自宅に到着した達也は、閉めきった部屋にかすかに腐臭が漂うのを感じた。窓を開け、空気を入れ替える。数日前慌ただしく飛び出したために、テーブルやソファに新聞や衣類が散乱し、そのままになっている。大雑把に片付けたあと、達也は思い立ってバルコニーへ出てみた。

バルコニーもしばらく放置していたために、いろいろと散らかっていた。薫と麻美が植えたプランターの花は萎れ、プラスチックの鉢が壁際に転がっていた。置き忘れた古新聞が昨夜の雨に濡れて、バルコニーの片隅でへばりついている。

達也はそれらを片付けるのは後回しにして、手すりに体を預けて、眼下の街並みを眺めた。近所の低層マンション前の道路では水道管の取替工事が進められ、警備員がベビーカーを押した歩行者を誘導していた。そのそばを宅配の軽トラックがゆっくり通り過ぎ、向こうからは郵便配達の赤い原付きバイクが近づいてきた。六階のバルコニーからはそれらが仔細には見えないが、あの人たちもさまざまな悩みを抱えて苦しみ、毎日を耐えて過ごしているにちがいないと想像する。我が身のそれもまた時の流れに委ねるしかないのかと思うと、達也の心は無常の念に占められた。

遠方に視線を移し、川べりの市民公園の方向を見やった。園内のいたるところでいろいろな花が咲き、以前は散歩の折々に久美と季節の花を楽しんだものだったが、今年はとうとう彼女の大好きなバラの花も見逃してしまった。マンションの工事現場では建設が進み、躯体工事が間もなく終わろうとしていた。建物が完成した際には久美とこのバルコニーから眺めるのが二人の約束であったのに、それが実現できるか疑わしい。

達也は病室の久美を想う。手術の経過がこのまま順調に進めば、一般病棟へ移って十日もしないうちに退院が認められる見込みとのことだった。麻美の言うとおり、退院後の対応を早急に固めておく必要があると、達也は痛切に感じた。満足に体を動かせない久美に、食事の支度や洗濯など日常生活の営みを独力で行えるはずがない。だからと言って、麻美の要望のとおり娘たちにその世話を任せるわけにはいかない。二人は、あらたな活動に向けてスタートを切ったばかりである。病人の看護をするよりも優先すべきものがある。麻美が看護を申し出ても、娘たちの人生を案ずる久美が承諾することはないだろう。

久美は離婚後の生活について一抹の不安もなかったのだろうかと、達也は漠然と疑問を覚えた。本格的に翻訳の仕事に専念できる状態を迎え、心置きなく日々を送れるはずが、一転して憂慮に充ちた毎日に変貌してしまったのだ。気丈な久美が、がんを娘や元夫に告げなかったところを察すると、すべて自分ひとりでどうにかできると判断したのかもしれない。しかし、まだ五十代半ばの彼女は介護保険を利用した介護サービスは受けられず、四十歳以上で例外的に認められた特定疾病を患っているわけでもない。何もかもすべて、自分で解決しなければならない。久美は我が身の置かれた厳しい状況に気づき、途方に暮れたはずだ。

達也はそのときの彼女の姿を思い浮かべて、熱いものを呑み込んだように胸が痛くなった。やはり離婚に応ずるべきではなかったのだろうかと後悔した。夫婦関係を続けていれば、早い時期に配偶者の体調の変化に何かしら気づき、対処できたかもしれない。離婚届に署名した昨秋に異変を感じたものの、それを言うだけにとどまった。その日から一年も経たないのに、取り返しのつかない状況にまで来てしまったことを悔やんだ。達也が離婚に踏み切ったのは、翻訳の仕事にいそしむ彼女が輝いていて、その姿を遠くからでも見ていたかったからだ。

達也は後悔にとらわれるだけでなく、久美のために何をしてやれるかを真剣に考えた。とにかくいま優先するべきことは、術後を安心して静養できる場所を確保することだった。

子どもに頼らず、元夫への恩義を感じないですむところを見つけてあげることだった。それくらいなら、久美も認めてくれるだろう。考えてみると、病院長の戸田は会うたびに、久美の動静を気にかけてくれた。その親友の彼の力を借りて、医療依存度の高い病人が安心して暮らせる施設や支援体制の有無を、早急に探し出すことが、すぐにでもすべきことだった。

達也は家族の今後について思いを馳せる。一緒に住むようになってまだ一年も経たない薫は、もう大切な家族の一員である。麻美は名古屋でのつらい経験を乗り越え、道を切り開こうとしている。すでに大人とはいえ未熟なこのカップルの成長を、達也はこの先ずっと見守って行くことにした。

人生の大半を共に過ごした久美は、これからさらにつらい局面が待ち構えている。達也はつかず離れずの距離から、彼女が少しでも心安らかに過ごせるように、ときにはサポートをするなどして見届けようと心に決めた。

「一日でも長く生きてくれ」

と達也は街の風景を見つめながら、胸の奥底から絞り出すように呟いた。

気がつくと、バルコニーに出てずいぶん時間が経過していた。達也が頭上を仰ぐと、抜けるような青空に小さな綿雲がいくつか群れをなし、七月の太陽がじわりと照りつけた。暑さの厳しい季節がすぐそこまで迫っていた。

〈参考図書〉

『認知症世界の歩き方』筧裕介著　ライツ社　二〇二一年

著者プロフィール

坂井 敬一（さかい けいいち）

1956年千葉県生まれ　千葉市在住
大学卒業後、中小企業関連団体に勤務
1990年中小企業診断士資格を取得
2022年退職

青空バルコニー

2024年２月15日　初版第１刷発行

著　者　坂井 敬一
発行者　瓜谷 綱延
発行所　株式会社文芸社
〒160-0022　東京都新宿区新宿1－10－1
電話 03-5369-3060（代表）
03-5369-2299（販売）

印刷所　株式会社エーヴィスシステムズ

ISBN978-4-286-24895-0